La Guerre des fleurs

L'auteur a bénéficié, pour la rédaction de cet ouvrage,
du soutien du Centre national du livre.

Si vous souhaitez recevoir le catalogue et les annonces
des nouveautés de HB ÉDITIONS, *écrivez ou télécopiez à :*
BP 49 - 04300 Forcalquier ; fax : 04 92 75 21 00
(en mentionnant le titre de ce livre, s.v.p.)
www.hb-editions.fr

Nadia Berquet

La Guerre des fleurs

roman

HB ÉDITIONS

ISBN 2-914581-55-6

À toi, Hervé…
La Mère t'attendait-elle, là, juste à l'orée ?

I

Ils n'auraient pu dire depuis combien de temps ils se trouvaient là, devant ce lit étrange, tout blanc, arrondi par la forme d'un corps petit en longueur mais aussi en largeur et dans lequel gisait leur mère. Quelques secondes, ou plusieurs jours. Le temps s'était figé. Les heures, les minutes se donnaient la main et s'égrenaient sans qu'aucun d'eux n'y prête attention, malgré le soleil de novembre passant par la fenêtre aux carreaux sales qui n'avait pas dû être ouverte depuis de nombreux mois, et qui ne laisserait pas entendre à l'extérieur les râles rauques du respirateur artificiel avec lequel elle s'était retrouvée siamoise un beau matin. Pour qui avaient-ils, eux tous, un par un et chacun, souffert et pleuré la dernière fois ? Ça non plus, ils n'auraient pas su le dire. Ce devait être à une époque lointaine. Mais avaient-ils déjà fait quelque chose pour quelqu'un ici, là et avaient-ils déjà reçu quelque chose de quelqu'un, là ou ailleurs ? La question ne s'était jamais posée. Toutefois, devant ce lit où elle gisait, minuscule, ils se retrouvaient projetés dans une obscurité étrange, si froide qu'elle en devenait limpide et au travers de laquelle un aveugle aurait pu aisément se déplacer, comme guidé par de grosses balises érigées depuis la nuit des temps. Car le temps avait commencé avec elle et prendrait fin avec sa fin à elle, inimaginable ; l'horreur dans une frayeur telle qu'ils la refusaient d'un bloc, farouchement. Exclusivement occupés jusque là par le quotidien, plus ou moins difficile à assumer pour chacun d'eux, par le plaisir à cueillir ici, là, parfois même nulle part et partout à la fois. La vérité était là, plus cruelle que tout ce qu'ils avaient connu auparavant. Et pour la première fois, elle les reliait tous inéluctablement. Comme ces grains de chapelet que plus personne désormais n'égrenait devant leurs yeux accoutumés, indifférents. Geste qu'ils ne condamnaient ni n'approuvaient et que la Mère effectuait sans cesse, sans se préoccuper de quiconque et surtout pas d'eux, les mécréants, les amoraux, toutes ces gueules étranges qu'elle avait enfantées une par une et auxquelles elle avait donné un nom pour point de départ dans la vie. Ils ne se regardaient pas. S'il n'y avait eu ce lit étrange, on aurait pu les croire attablés autour d'un banquet. Mais la chevelure brune parsemée de mèches blanches sur l'oreiller et la machine reliée au corps comme une trompe à un éléphant n'auraient pu leurrer personne. Et les râles, réguliers, coupaient soudainement le silence, les ramenaient à la réalité, à l'inquiétude, à l'angoisse sombre qui les avait pris tous en même temps, qui les unissait mieux que n'avaient su le faire aucun des moments de leur vie, heureux ou malheureux. Étrangement, ils ne faisaient plus qu'un. Morcelé, découpé, mais un. Ils n'avaient personne à blâmer. Seul le destin était en marche, lourd, grosse machine de fer reliée à une prise de courant et à une sonnerie d'urgence que peut-être aucun d'eux n'aurait osé faire fonctionner ; habitués à se débrouiller seuls, sans solliciter l'aide de quiconque car l'orgueil leur imposait sa loi. Ne pas demander, jamais, pour éviter un refus qu'ils auraient perçu comme un cuisant échec. Ils s'étaient accoutumés à ne rien donner, ne rien recevoir, effrayante position qu'ils avaient tous prise sans se concerter un seul instant. Mais le constat s'imposait comme une évidence, un poison ; le destin était en marche et aucun d'eux n'était assez puissant pour le contrer. La fièvre ne cessait de monter, les râles se faisaient de plus en plus irréguliers et ils se trouvaient là face à leur impuissance, leur indigence. Auraient-ils eu plus d'argent, jamais la Mère ne se serait retrouvée dans cet hôpital où seuls les pauvres étaient conduits et duquel, selon la rumeur, tous ceux qui y entraient en ressortaient les pieds devant sous un linceul blanc. Parfois l'un deux bougeait ses membres engourdis et le bruit de la chaise recouvrait celui de la machine, à laquelle tous les souffles étaient suspendus. Alors ils se retournaient furtivement et l'image de l'un se projetait dans le reflet de l'autre, comme dans un grand miroir tant ils se ressemblaient : exténués, gris, hagards, la bouche amère et le regard suppliant. La Mère gisait pour la première fois et simultanément au centre de leur tourment. Comment avaient-ils fait pour en arriver là ? Si étrangers l'un à l'autre, liés pourtant par la douleur, égoïste, personnelle et qui leur ressemblait tant. Douleur qui ne s'affichait plus que dans un seul visage, défait, un seul corps, affaissé, un seul regard, incrédule, désabusé, presque violent. Comment aurait-il pu en être autrement ? L'un d'eux aurait-il pu payer un établissement privé, une jolie clinique aux volets bleus, un professeur ou chirurgien digne de ce nom ? Et la rancœur montait envers tous ces médecins, ce personnel médical au rabais qui face à leur mine et à leur nombre, les regardait d'un œil condescendant. Huit autour d'un si petit lit, d'un si petit corps. Huit à ne rien dire, à se contenter de quelques paroles indifférentes lancées au coin de la chambre par les infirmiers, auxquelles ils se raccrochaient comme à un serment. La Mère avait jeté au monde ses huit enfants, assis aujourd'hui autour de ce lit, réunis là comme ils ne l'avaient pas été depuis longtemps, tous en communion devant la même frayeur, le même désespoir, le même vœu…

SALAH

Fatah et moi nous nous ressemblons. Je ne l'avais jamais remarqué avant ce matin. Nous sommes entrés dans la chambre l'un après l'autre et j'ai noté que même à travers la démarche, on pourrait nous confondre. Mais n'importe qui, rien qu'à la veste, pourrait faire la différence entre lui et moi. Sa veste est usée et retombe mollement de chaque côté de ses épaules, comme celle d'un épouvantail. Une vraie guenille... Sa nuque est envahie de cheveux drus et frisés. Mes cheveux sont courts et raides, soyeux et mes yeux sont bleus. Petits, on nous prenait pour des jumeaux ; et je me souviens très bien du jour où nous nous sommes retrouvés enchaînés lui et moi dans la chambre du fond pour un vol de mobylette. Nous sommes restés des heures comme ça, dans le noir. Pour faire passer le temps je lui avais raconté des histoires. Je reconnais que j'étais l'aîné, je n'aurais pas dû l'entraîner dans cette aventure. Et la Mère n'a rien pu faire pour nous protéger ce jour là. Je me souviens de ses yeux douloureux, de sa voix emplie d'inquiétude et de chagrin. Elle n'avait pas le pouvoir de nous détacher mais j'ai senti tout au fond de moi que tout ça lui retournait le ventre. Il y a sa voiture là, sur une place pour handicapés.

Une belle voiture. Même moi qui suis médecin ne peux m'en offrir une pareille. Il m'a dit bonjour avec une voix bizarre. Ça n'est pas la voix que je lui connais, gouailleuse, moqueuse, insolente. Je lui ai dit bonjour à mon tour et il m'a regardé avec un regard étrange aux yeux très clairs, presque dorés. J'ai cru découvrir ses yeux aujourd'hui à moins qu'ils n'aient changé. Il est entré le premier et il aurait pu me laisser la chaise la plus proche du visage de la Mère, par égard pour l'aîné. Mais apparemment il ne sait rien de ces choses là, tout comme ses autres frères et sœurs. Peut-être que s'ils avaient su quelque chose de tout ça, ils m'auraient traité différemment. J'aurais alors avancé dans la vie avec plus d'assurance, sans avoir l'impression que personne, jamais, ne m'a considéré pour ce que je suis. Je me suis assis sur la chaise juste près de la sienne et d'ici, je vois les pieds de notre mère, en bien mauvais état. Les orteils tordus, se chevauchant, les deux gros doigts très cornus, avec des ongles épais. Saïd – le lion ! – est assis à gauche de Fatah, son nez presque sur le ventre de la Mère. En face de lui Nabil, droit sur son siège, les yeux dans le vide, tournés vers l'intérieur. Il ne trouvera pas de réponse, comme d'habitude. Il fait frais dans la chambre. Ils ont mis la climatisation car la Mère a la fièvre. J'aurais dû garder mon manteau. Je pourrais le demander aux infirmières mais j'aurais dû prévoir. Un médecin doit savoir ces choses-là, et je sens qu'elles en ont assez de nous. Nous sommes si nombreux qu'elles ne peuvent même plus pénétrer dans la chambre. Évidemment, ils sont tous là et aucun d'eux ne s'est levé pour me proposer sa place. À la tête du lit et tout près du visage de la Mère il y a Aïda, opportuniste, toujours la première. Tapez à la loge numéro un et vous la trouverez avec sa toute petite bouche et ses mots en désordre, sa vie en désordre, ses vêtements et sa cervelle aussi. Elle a de grosses boucles d'oreille, juste ce qu'il faut pour tirer les vaches par les naseaux. Elle doit trouver cela élégant. Elle fixe le visage de la Mère et semble s'attacher au pas de la machine. Sa poitrine se soulève au rythme de la poitrine sous le drap blanc et je sens bien qu'elle est tout à l'envers, comme toujours, sens dessus dessous.

Elle dit en nous regardant méchamment :

— Je me demande lequel d'entre vous a eu l'idée de l'amener ici. Si vous n'aviez pas tous le feu aux fesses… Comment voulez-vous qu'on la transporte ailleurs maintenant, avec tous ces tuyaux ? Il faudrait un hélicoptère.

J'aurais dû lui répondre :

— Ou un avion. Tu as bien l'habitude.

Mais elle se serait jetée sur moi toutes griffes dehors. Et les infirmières nous observent, je le sens bien.

Zara

Heureusement je suis arrivée la première. J'ai pu ainsi avoir la chaise près de son visage. De là je peux sentir son souffle, j'ai toujours senti son souffle. Petite déjà, son souffle et le mien ne faisaient qu'un. Les autres ne doivent pas être contents. Mais qu'ils bougent, ils entendront parler de moi. Car c'est moi qui, tous les jours, m'occupais de la Mère. Ils en étaient bien contents ; qu'un seul vienne me le reprocher aujourd'hui. Aïda est en face de moi, de l'autre côté du lit et derrière elle Fatiha, son foulard sur la tête. Foulard qu'elle n'a plus quitté depuis que la Mère gît sur ce lit. Hier, nous avons même retrouvé un chapelet sous l'oreiller. Nous n'avons pas posé de questions car nous savons bien comment il est arrivé là. C'est tout de même étrange de la voir la tête recouverte d'un foulard, elle qui a toujours bien vécu, indépendamment de tout homme et de toute religion. Je suis persuadée que le soir elle prie jusqu'à ce que sa tête et son cœur s'embrasent. Elle voudrait que la Mère s'en sorte, mais son foulard n'y pourra rien.

Cette chambre est affreuse. Le seul avantage c'est que le lit est légèrement incliné et qu'il y a toujours un courant d'air qui vient du couloir, qui monte caresser le plafond et retombe sur le drap. À cause de la fièvre la chambre doit rester fraîche.

Si je pouvais je soufflerais sur le corps de la Mère, comme un énorme ventilateur. Mais les infirmières nous regardent, sans compter tous les autres, que j'ai encore retrouvés à travers le rêve que j'ai fait cette nuit. Mes rêves sont étranges : j'ai vu un cercueil que l'on descendait dans la terre ; j'étais dans la peau du mort. J'ai même aperçu une petite araignée tandis que le cercueil tombait et qu'une voix suppliait :

— Sortez-moi de là…

Je ne dis pas que mes rêves sont prémonitoires et je voudrais aujourd'hui de tout mon cœur qu'ils ne le soient pas. Mais à nous voir autour de ce petit lit, je peux affirmer d'avance que si la Mère nous quitte, nous nous quitterons tous. Et nous verrons bien alors si tout ceci avait quelque chose de prémonitoire ou non…

Aïda

Elle va mieux aujourd'hui, moi je sais mieux qu'eux tous réunis, même si les infirmières disent le contraire. J'ai emmené la Mère dernièrement en voyage et elle allait parfaitement bien. À part que j'ai remarqué que parfois elle se tenait en retrait, comme quelqu'un qui observe ce qu'il va laisser et effectivement le laisse. Je sais bien que les autres affirment que c'est à cause de moi que la Mère se trouve là, dans ce lit. Parce qu'il n'était pas prudent de lui faire prendre l'avion pendant des heures dans l'état où elle était. Mais qu'ont-ils fait pour elle, eux, à part peut-être Zara, qui se trouve juste en face de moi et qui respire, comme elle l'a toujours fait, au même rythme qu'elle et qui la couve comme une louve couverait son petit ?

Là-bas, tout au bout du lit, derrière Salah je vois Orane, la plus jeune d'entre nous. En arrière, toujours en repli, impénétrable et froide, les yeux secs et du rouge sur les lèvres. Une vraie malédiction, la raideur d'un croque-mort. Mais elle a toujours été comme ça, moi qui suis son aînée je peux le dire. C'est même moi qui lui ai appris à lire quand elle avait 4 ans. Je ne pense pas qu'elle soit aussi forte qu'elle veut bien le montrer, mais elle est si froide. Même la Mère en parlait. En tout cas, grâce à moi, la Mère n'a jamais manqué de rien. Bien sûr elle avait ma fille avec elle puisqu'elle l'a élevée. J'aurais pu me contenter de lui donner une pension pour la petite. J'ai donné bien plus et elles n'ont jamais manqué de quoi que ce soit, ni l'une ni l'autre. La fièvre n'est toujours pas retombée. Légèrement à droite je peux voir Nabil, sombre, dur, vide. Vide il est, vide il restera, pour nous tous du moins. Sa tête est trop emplie de sa femme, de ses soucis, de ses sous aussi, tous ceux qu'il aurait aimé avoir assurément. Mais il est là, droit sur sa chaise et moi je sais bien que c'est lui qui a achevé la Mère, en l'appelant au téléphone et en lui disant qu'il allait assassiner sa femme et se suicider après... Et la Mère qui ne sait même pas composer un numéro. C'est lui qui lui a tourné les sangs. Aujourd'hui il crie à qui veut l'entendre que c'est moi qui l'ai tuée, que l'avion était contre-indiqué. Mais les paysages qu'elle a vus dernièrement, c'est moi qui les lui aurais montrés et quoi qu'ils disent, la Mère allait très bien allongée près de moi sur une plage de sable chaud. Aujourd'hui elle gît là, une poche pleine de glaçons sur le ventre, les lèvres sèches. Et j'aimerais, comme il n'y a pas si longtemps, la rejoindre et m'allonger tout contre elle au creux de ce lit blanc.

SAÏD

Je nous ai comptés. Nous sommes neuf plus la Mère dans son lit. Fatah derrière moi, Nabil juste en face, Fatiha et son foulard devant et le ventre de la Mère nous séparant, les yeux de Stéfa, notre nièce, la fille d'Aïda. Je n'ai jamais rien vu de plus gentil que ces petits yeux-là. J'ai toujours pensé que cette petite était différente de nous autres. C'est normal, chez elle tout ceci n'est pas globulaire

– génétiquement parlant – car c'est une croisée. La seule pourtant qui tienne vraiment de la Mère une nature tendre et affectueuse. Il n'y a qu'à regarder ses petits yeux bleus candides, écarquillés et qui se posent dans les yeux de chacun de nous comme pour y chercher du réconfort. Elle veut que sa grand mère se réveille. Elles habitent ensemble depuis toujours. C'est même elle qui a appelé les secours quand la Mère s'est sentie mal. Elles dorment dans la même chambre, dans des lits jumeaux. Moi je n'y peux absolument rien si elle est là, dans ce petit lit. Ça l'a prise d'un coup, le temps que les pompiers arrivent et hop ! à l'hôpital…

Ce lit me rappelle bien des choses : j'étais petit alors et je dormais avec la Mère. Un soir je me suis battu avec Fatah qui voulait dormir près d'elle. On a cogné l'un sur l'autre autant qu'on a pu mais elle est arrivée et nous a dit que dorénavant, plus personne ne dormirait avec elle, qu'on n'aurait qu'à partager un lit, lui et moi. Je l'ai détesté longtemps à cause de ça. Mais en baissant les yeux je vois ses chaussures usées, avec de gros lacets noirs qui partent en lambeaux, sa veste aux épaules en goulot de bouteille et je ne le déteste plus. Je me tourne vers lui et il me sourit, avec sa bouche pleine de trous. Il a toujours aimé la vie et il la mange à pleines dents. Pourtant c'est la vie qui les lui a mangées. Il a eu un accident de mobylette et l'argent des assurances est entré directement dans les caisses du casino. Mais c'est l'homme qui sourit le plus au monde et je me demande comment il peut bien faire pour sourire devant ce lit, où se trouve la Mère aussi chaude que le feu, et dans cette chambre, froide comme une nuit d'hiver chez les sorcières.

FATIHA

Je sais que la Mère ne mourra pas. Toutes ces petites lumières qui clignotent sur la machine me donnent la nausée et ce foulard m'indispose. Heureusement, il fait frais dans la chambre. J'aurais tout donné pour qu'il y fasse plus chaud, cela aurait voulu dire que la fièvre est retombée. J'ai mis un chapelet sous le gros oreiller. Ils l'ont tous vu mais ils n'ont rien osé dire. Il y a juste les yeux d'Aïda qui ont cherché les miens et je ne les ai pas détournés car nous sommes tous égaux devant l'Éternel. Pauvre petite Stéfa ! Que deviendrait-elle sans la Mère qui l'a élevée et qu'elle appelle mamie ? De toutes façons, si la Mère s'en va c'est que Dieu l'aura voulu, le destin est écrit : chaque mouton est suspendu par sa patte et Il n'a qu'à tirer sur la ficelle à l'instant où Il l'a décidé. S'Il doit la rappeler auprès de lui alors qu'Il le fasse. De là où je suis je peux voir la nuque d'Aïda, ses longs cheveux bouclés. Moi aussi, il y a peu on pouvait voir mes cheveux. Mais j'ai promis à Dieu de ne plus jamais enlever ce foulard s'Il guérissait la Mère très vite et j'ai récité tant de sourates qu'Il ne pourra que m'exaucer. Je sais que je le ferai malgré qu'il y ait beaucoup de choses que j'ai voulu faire et que je n'ai jamais faites : j'ai l'impression d'avoir passé ma vie à dire que j'allais refaire ma vie.

Aïda est belle, un peu trop. Quand elle n'était encore qu'une enfant je voyais le regard des hommes se poser sur sa bouche charnue, en forme de cerise, ses longues jambes de cabri, ses grosses boucles soyeuses et sa silhouette déjà pubère. Elle nous a mis de gros anneaux aux oreilles aujourd'hui. On pourrait facilement menotter une famille entière avec un seul des deux. Elle dirait, de sa petite voix insolente :

— Où est le mal ? Et moi si j'osais je lui répondrais :

— Avec la femelle, bien sûr…

Je crois que je ne suis pas belle mais depuis que je porte ce foulard, mon mari dit qu'il n'a jamais rien vu de plus ravissant que moi et je sais que je plais aussi à Dieu comme ça. La Mère m'a appelée Fatiha – la Fatiha est la sourate d'ouverture du Coran. Il est superbe mon foulard. C'est elle qui me l'a offert quand elle est revenue de La Mecque. Il est rose et s'accorde bien avec mon teint. La seule chose que je lui reproche, c'est de porter une étiquette sur laquelle est écrit « made in Hong-Kong ». Elle ne m'a pas encore vue avec. J'imagine sa joie quand elle m'apercevra, à son réveil. Elle pensera peut-être qu'elle est au paradis, et que je suis un ange. Je fais maintenant ma prière cinq fois par jour. La plus pénible est celle de cinq heures, je n'ai pas l'habitude de me réveiller si tôt. Nous prions ensemble mon mari et moi. Je vois l'aube se lever et malgré la fatigue je sens mon cœur se soulever de bonheur, s'ouvrir à Dieu et à tous les autres croyants car des milliers de musulmans prient aussi à cet instant. Mon mari, qui connaît très bien toutes les choses de la religion malgré qu'il ne sache ni lire ni écrire, m'a expliqué qu'aujourd'hui j'étais sauvée. Car quand la fin du monde viendra, nous mourrons tous bien sûr, mais seuls les vrais musulmans iront au paradis. Leur corps ressuscitera – a-t-il ajouté – et ils se relèveront. Ce que je ne comprends pas très bien et que je n'ai pas osé lui demander, c'est dans quel état se relèveront ceux que la maladie a rongés, ou ceux qui sont morts dans des accidents affreux. Mais la fin du monde est pour bientôt, il me l'a assuré. Il dit aussi que ce jour-là, le signe précurseur sera que le soleil se lèvera à l'ouest. Cela veut-il dire que la Terre se mettra à tourner dans l'autre sens ? Je ne sais pas. Quand la Mère guérira, je ferai de bons gâteaux bien arrosés de miel. Mais il faudra que je fasse accepter à mon mari la présence chez lui de tous mes frères et sœurs les buveurs, les fumeurs, les menteurs, les voleurs, les jouisseurs, les mécréants…

La Mère souffre, je le vois bien. Les petites lumières s'affolent et son cœur, là sur la machine, s'emballe. Mais c'est bien, qu'elle continue de souffrir car Dieu voit tout. Et devant sa souffrance je suis persuadée que sont maintenues pour l'y accueillir, grandes ouvertes et jusqu'à la fin des temps, toutes les portes du paradis.

NABIL

Que fait-elle en ce moment ? Tout est sa faute. Si la Mère ne gisait pas là sur ce lit, je prendrais ma voiture et en une heure seulement j'arriverais là-bas. Pour sûr je les surprendrais l'un sur l'autre, suant comme des porcs. Il y a des trous dans la caisse depuis quelques jours et je me demande si l'argent que je gagne à la sueur de mon front ne rentre pas directement dans sa poche à lui. Un jour je les tuerai tous les deux, elle d'abord. Et pas avec le même couteau, pour que leur sang ne se mélange pas. Je les vois, tous les autres, mes frères et sœurs, avec leur regard moqueur qui s'envole au-dessus de ma tête comme s'il y poussait de grandes cornes.

Tout est sa faute : c'est elle qui a mis la Mère dans ce linceul. C'est à cause d'elle que, fou de rage j'ai pris le téléphone et dit que j'allais la tuer et me suicider après. Et la Mère qui ne cessait pas de gémir à l'autre bout du fil, terrorisée. Je comptais sur sa sagesse pour me faire revenir à la raison, mais c'est moi qui l'ai rendue folle de terreur. Quand j'ai raccroché elle n'a même pas pu rappeler, elle qui ne sait pas se servir d'un téléphone. Et j'imagine les heures qu'elle a passées, attendant devant l'appareil qu'il sonne à nouveau. Je n'ai pas rappelé.

J'ai marché sur elle calmement et je lui ai dit :

— Tu as tué ma mère.

Et j'ai frappé, frappé, tandis qu'elle restait clouée au sol, immobile, ses cheveux blonds imbibés du sang qui coulait de son nez et qui laissait des traînées brunes dans la poussière. Je suis allé derrière la maison et suis revenu avec un couteau. Elle n'avait toujours pas bougé. Elle était recroquevillée, les deux bras repliés sur sa poitrine comme des ailes, semblable à un poulet qu'on vient d'égorger. Je n'ai même pas eu pitié devant ce corps soulevé par les sanglots et si je n'avais pas été si lâche, j'aurais planté la lame au milieu. Tout ça aurait pris fin une bonne fois pour toutes. Pour moi, j'aurais utilisé le fusil que j'ai dans la chambre là-haut, celui qu'un client a laissé et qu'il n'a plus jamais réclamé. Un jour je la tuerai, pour sûr. Mais chaque chose en son temps.

Je sais aussi qu'ils disent que c'est moi qui ai mis la Mère dans cet état. Je sais bien que non. Que c'est eux qui la tuent un peu chaque jour avec leurs gueules cabossées et tous les maux qu'ils déversent sur son cœur. Maux qui font de ce cœur un marécage, un puits de pétrole exhalant un poison noir qui se déverse dans ses veines et les bouche une par une, inexorablement. Pour sûr aussi, c'est elle avec ses gros bracelets aux oreilles qui a fini le travail. Dix heures dans un avion pour aller voir je ne sais quoi. Un pays loin là-bas, alors qu'ici je dois économiser sou par sou pour m'en sortir et boucher les trous que ma gentille femme creuse dans la caisse. Quand la Mère se réveillera, je filerai là-bas. Je ne peux pas partir pour l'instant, ils m'observent tous et je vois leurs petits yeux qui m'évitent sournoisement, qui me caressent le dessus de la tête semblant y voir je ne sais quoi et qui, effrontément, s'envolent vers le plafond.

ORANE

Je suis arrivée hier à la première heure, dès que j'ai reçu le coup de téléphone d'Aïda qui m'a annoncé que la Mère venait d'être transportée à l'hôpital.

J'ai lancé dans l'appareil que je raccrochais pour

réserver une place dans l'avion et j'ai senti seulement à ce moment là qu'elle prenait peur. Comme si la conscience la pénétrait. Elle a pensé que si moi l'égoïste j'arrivais si vite, c'est que l'état de la Mère pouvait être sérieux. Elle a filé à l'hôpital à son tour et je l'y ai trouvée ainsi que tous les autres assise autour de ce lit. J'ai vu les tuyaux et les fils, j'ai entendu les râles rauques qui sortaient de la poitrine et de la machine et je n'ai pas su laquelle des deux faisait fonctionner l'autre.

De là où je suis, légèrement en retrait, je peux tous les voir, gênés par ma présence qui dénonce à elle seule leur vice, leurs mensonges, leur violence. Ma présence représente leur mémoire, voilà pourquoi ils me détestent; parce que je suis la plus jeune et que, avec mes yeux d'enfant j'ai tout vu et tout perçu de ce qu'il y a de plus sombre, de plus lâche, de plus vil en eux. Je me vois aujourd'hui avancer dans la vie avec froideur, porteuse d'une carapace que j'ai dû enfiler pour me protéger et de laquelle je n'arrive plus à me défaire. Même la Mère à laquelle je tenais la main et qui n'était pas encore reliée à cette grosse machine, m'a dit il y a quelques jours:

— Tes mains sont froides. Je te sens si loin de nous…

Mon cœur a saigné en entendant ces paroles et depuis il ne peut plus s'arrêter. Peut-être suis-je hémophile. Bien que Salah, le soi-disant docteur, dise que l'hémophilie ça n'est que pour les hommes. Bien fait pour eux. Que pour les hommes, comme beaucoup d'autres choses qu'ils s'accordent, eux les hommes de la famille. Sans vraiment croire à cette histoire de religion, n'ayant foi en rien ni en personne. Mais qu'ils utilisent pour asservir et faire effectuer toutes les tâches qu'ils jugent indignes – ménage, repassage, garde d'enfants qu'ils sèment aux quatre vents comme l'a fait leur père juste avant eux.

D'ailleurs tu n'as pas été prévenu, toi, le père. Nous ne nous sommes pas concertés mais personne ne t'a contacté pour te dire que la Mère était là, dans ce lit. De toutes façons elle n'aurait pas voulu que tu saches, elle a même dit un jour et je m'en souviens comme je me souviens de tout le reste, qu'elle ne voudrait pas de toi à son enterrement. Tout est ta faute car si tu avais fait soigner la Mère quand elle était jeune elle ne serait pas là, gisante, les veines bouchées par trop de misère, de souffrance, d'enfantements. Longtemps, pour nous nourrir elle a dû batailler, privée de tout mais comblée d'humiliations. Comme je te déteste. Je t'ai toujours détesté. Détestables toi, moi, tel père telle fille. Détestables tes enfants et nous savons bien que si la Mère n'avait pas été là pour nous donner ce qu'elle pouvait de son amour, nous aurions poussé comme du chiendent, et que nous serions encore plus mauvais que nous le sommes aujourd'hui. Tu es dans ta belle maison, en compagnie de la toute jeune femme que tu as ramenée du pays loin là-bas. Tu as d'autres enfants, tout petits, qui nous ressemblent, qui t'aiment certainement car avec l'âge te sont venus la raison, le calme, peut-être même la tendresse qui à nous a tellement fait défaut. Je t'ai vu il n'y a pas si longtemps dans ton costume taillé sur mesure alors que la Mère comptait les quartiers de pommes et nous fabriquait un festin avec du pain et de la tomate. Mais si tu ne les aimes pas tes enfants, alors sache qu'ils te le rendent bien, donnant donnant ; et que je les aime, moi, tous gueules de misère, même s'ils ne le savent pas. Je sais aussi qu'ils s'aiment mais que c'est la vie qui les malmène. Qu'ils te haïssent toi et se détestent eux, tout à la fois. Je vois Fatah là-bas, dont le pied chaussé de grosses chaussures à lacets tremble, contracté par la pause qu'il tient maintenant depuis des heures. Je suis sûre qu'il pense à la combinaison de tiercé qu'il a dû jouer avant d'arriver. Son cheval sera-t-il gagnant, est-ce aujourd'hui qu'il va le remporter ce pactole après lequel il a couru, pareil à ces chevaux qu'il aime tant, et qu'il a essayé d'empocher par tous les moyens possibles, sa vie durant, au mépris de tous, de lui-même et de ses dents ? Son regard tombe sur le bracelet de la Mère, qui brille à son poignet et je n'ose pas imaginer à quoi il peut bien penser. Ça sent une drôle d'odeur, une odeur de vin. Ce doit être Saïd qui dès le matin taquine la bouteille, tire sur son foie déjà malade bien que les docteurs l'aient menacé de mort maintes fois. C'est sûr il mourra une bouteille à la main, à moins qu'il ne s'enflamme d'un seul coup en un grand brasier, tellement imbibé d'alcool que la moindre petite étincelle suffirait pour le transformer en torche humaine. Nabil se tient le dos courbé. Plié, j'en suis sûre, par le poids de la culpabilité que jamais il n'avouera à personne et surtout pas à lui-même. Il souffre. Je vois bien qu'il souffre. Il doit penser à sa femme aux longs cheveux blonds et à la cuisse légère. Zara, son visage collé au visage de la Mère, est encore plus pâle que d'habitude. Elle l'embrasse, encourage la machine, triture de ses petits doigts la main potelée comme pour lui insuffler son énergie, sa force, sa vitalité. Elle prend le chapelet et s'accroche aux petits grains verts couleur de l'Islam, le pose entre les doigts de la Mère et souffle à son oreille une sourate apprise la veille car toutes les cartes, les tarots, les horoscopes ont dû rester fermés, muets, impuissants. Tout au fond de mon ventre, là, maintenant, une douleur aiguë qui me fait tendre les jambes. Une douleur sans nom parce qu'elle ne vient pas d'un organe. Une douleur qui s'apparenterait plutôt à l'effroi, qui paralyse les membres mieux que n'importe quelle piqûre : je sens, tout au fond de ce ventre aux intestins subitement noués, je sens que la Mère va mourir.

FATAH

Quand j'était petit ils m'ont surnommé « le fou de la vie ». Et c'est vrai. Que je suis fou, je veux dire. Pas fou comme sont fous les fous. Non, moi je suis juste fou de la vie et je voudrais ne jamais mourir. J'aime trop les femmes, les chevaux, les machines à sous, rire, manger, boire. Et l'argent. Parce que c'est l'argent qui donne tout ça, je l'ai compris très tôt. Est-ce ma faute à moi si tout enfant j'ai voulu m'élever à travers la marée, et pénétrer le soir dans de belles maisons aux volets roses, aux cheminées qui trônent dans les salons, aux frigos pleins, aux bars emplis de bouteilles, aux placards bourrés de vaisselle et où l'eau n'a pas le goût de métal comme dans la cuisine de la Mère ? J'en ai vu des intérieurs. De cœurs, de cuisses, de maisons. J'ai eu de bonnes fortunes, de belles femmes et beaucoup d'argent. J'ai aussi connu le revers de la médaille, les volées de coups, les humiliations, les sévices que le père m'infligeait en châtiment. Et avec ça les yeux douloureux de la Mère, sa souffrance et sa désolation. Mais je suis le produit d'eux tous, à ça personne n'y peut rien. Cette chambre est laide, nue avec ses rideaux sales et ses murs gris. Même le pâle soleil qui me caressait gentiment la figure avant que je n'y entre n'arrive pas à passer ce voile opaque qui nous sépare de la liberté. La machine est immense, pleine de petites lumières qui clignotent comme des guirlandes de Noël, qui sonnent parfois et dont personne n'a l'air de se préoccuper. Et la Mère là, dans ce lit, le bracelet que je lui ai vendu à son poignet. Je l'ai même insultée, la Mère, allant jusqu'à lui cracher à la figure à cause de ce bracelet.

L'infirmière qui vient d'entrer est jolie, blonde. Je lui ai souri en oubliant ma bouche pleine de trous. Mes dents n'ont jamais fait fuir les femmes. Elles ont toutes beaucoup ri avec moi et j'avoue, pleuré aussi. Je n'ai pas pu lui parler. J'essaierai de lui glisser un ou deux mots quand la Mère sera guérie, les femmes m'ont toujours beaucoup inspiré. Je n'aimerais pas être à la place de la Mère, là dans ce lit et du fond de mon cœur j'aimerais lui dire : viens la Mère, transformons nous en poissons et nageons toi et moi jusqu'à la lune. Si tu es fatiguée je te porterai sur mon dos. Et si j'ai bien travaillé moi le pêcheur, le fils maudit, le fou de la vie, alors peut-être m'accorderas-tu enfin le pardon…

Stéfa

Nous sommes tous là. Ses huit enfants et moi sa petite-fille. Mais je vis avec mamie, on peut dire que je suis sa fille aussi. Ils ont l'air inquiet. Salah, l'aîné, se ronge les ongles. Ça me fait tout drôle de le voir ici bien que je l'aie vu il y a trois jours à peine dans la petite cuisine de chez nous, mamie et moi, discutant avec elle en épluchant de grosses cacahuètes. Il m'a fait penser à un petit singe et c'est en riant, la tête pleine d'images de chimpanzés que je lui ai dit :

— Bonjour tonton.

Tata Orane a l'air encore plus inquiet que les autres. Ce qui perturbe ma plus jeune tante, je le sais, c'est la lucidité, qui la conduit parfois à l'amertume. Je cherche son regard car je sais lire dedans et gentiment il vient se poser dans le mien. Je vois qu'elle cherche à me rassurer, elle a toujours été bienveillante avec moi, alors que chez nous tout le monde la surnomme « l'autiste ». Moi, je l'aime depuis toujours. Comme tous mes oncles et tantes d'ailleurs, même s'ils n'ont pas été, parfois, très gentils avec mamie, allant jusqu'à l'appeler « la vieille » et lui cracher dessus, au moins pour l'un d'entre eux. Je l'aime tant moi, ma mamie. Je l'aime plus que ma maman à moi. Au fond c'est elle ma vraie maman et moi seule connais la sagesse, la bonté, la patience, la coquinerie et la tendresse qu'elle a dans le cœur, aujourd'hui rongé par la fièvre sous ce drap blanc. Mamie, je l'appelle madame Belin parce qu'elle grignote toujours et que je la traite de « vilaine petite gourmande ». Elle ne sait pas parler français, alors nous avons toutes les deux inventé un langage. Elle me parle en arabe, moi je lui réponds en français, ça donne de drôles de mots parfois et c'est bien rigolo… Ça me fait beaucoup de peine de la voir là, comme ça, presque nue sous ce drap. Elle qui est si pudique. Il vaut peut-être mieux qu'elle soit inconsciente car si elle voyait ce jeune infirmier lui toucher le corps, elle en mourrait.

Si mamie mourait, que deviendrais-je ? J'habite avec elle, je n'ai pas d'autre maison et je n'aimerais pour rien au monde aller vivre avec ma maman à moi, car je n'aime pas son nouvel amoureux. Maman est très belle aujourd'hui avec ces grandes boucles d'oreilles. J'aimerais bien en avoir de pareilles, mais je ne serais pas aussi jolie qu'elle avec ça. Zara caresse les cheveux de mamie qui sont devenus presque tout blancs en seulement trois jours. Elle se retourne parfois vers moi et me sourit. Elle a le regard doux comme du miel, elle ne dit rien et pourtant d'habitude sa langue est aussi légère qu'une aile de papillon. Elle aime parler, Zara, et elle raconte toujours des choses étranges et des rêves qui font hérisser les cheveux sur la tête. Elle dit que quelqu'un va mourir, et quelqu'un meurt. Mais jamais elle n'a dit que mamie allait mourir, alors je sais qu'elle ne mourra pas. Mamie aussi parlait beaucoup de ses rêves ces derniers temps. Elle me disait même en se réveillant le matin, depuis son petit lit jumeau au mien, qu'elle passait la nuit avec ses morts, sa maman, son papa et tous les autres que moi je n'ai jamais connus car je suis trop jeune pour ça.

Je ne comprends pas pourquoi ils se détestent tous comme ça, mes oncles et mes tantes et pourquoi c'est ici, chez nous, que se prolonge la guerre de Sécession : autrement dit, frères contre frères. Saïd a même piqué les fesses de Fatah une fois, comme le font les Turcs. Heureusement Fatah n'est pas bien gros et le couteau n'a rencontré que la poche du jean. Parce que Fatah, bavant et écumant à travers sa bouche pleine de trous, avait craché sur mamie, je ne sais pas très bien pourquoi ; mais après ça, mamie n'a plus appelé Saïd que « le lion ». Parce que les lions, paraît-il, défendent très bien ceux qu'ils aiment. Mamie adore ses enfants et peut aujourd'hui leur donner tout ce qu'elle n'a pas pu leur donner quand ils étaient petits. C'est comme si elle les laissait la manger. J'ai vu à la télé une émission sur les mamans araignées, qui se laissent manger par leurs bébés à la naissance. Et eux, mes oncles et tantes, savent que même s'ils ont manqué de tout, l'amour de mamie était là, plus fort que tout le reste. Et ils étaient bien tristes aussi quand le père venait, qu'il la molestait et qu'il hurlait d'une voix énorme :

— Sors de chez moi. Sortez, toi et tes enfants…

Alors qu'elle n'avait que cette maison. Tristes mais impuissants. Voilà pourquoi, certainement, ils faisaient des bêtises. Et cela rendait mamie encore plus fragile, solitaire, abandonnée. Elle se rattrape sur moi maintenant, me donne tout ce qu'elle peut. Elle sait dire non aussi car elle est très sage. Elle m'a dit non quand j'ai voulu adopter un petit chat. Mais quand elle a senti ma peine alors elle s'est assise dans le petit fauteuil rose, a mis son menton dans sa main un après-midi entier. Enfin elle s'est levée. Elle s'est habillée, est sortie sans rien dire puis est revenue avec un bac à litière et des petites boîtes de conserve. Devant mes yeux emplis de larmes elle m'a fait promettre de toujours m'occuper du petit chaton car quoi qu'il arrive, a-t-elle ajouté, il faut prendre soin de ceux que l'on aime. En tout cas j'ai hâte que mamie se réveille et que nous puissions, elle et moi, reprendre la vie commune. Pas si commune que ça car je sais que ma mamie est une femme rare, unique certainement et, je le sais bien, immortelle.

La nouvelle était tombée la veille au soir, porteuse de mille espoirs, mille promesses, la nouvelle avait retenti à leurs oreilles en un seul écho : la Mère ce matin s'était réveillée et avait été débranchée de la grosse machine qui semblait vouloir ne plus faire qu'une avec elle. Ils s'étaient précipités, se retrouvant encore une fois autour du petit lit dans lequel elle était désormais assise, maintenue par de gros oreillers. L'agitation qui montait de la chambre ressemblait à celle d'une ruche. Ils se démenaient, le cœur en liesse et les gestes gauches, maladroits, qui auraient pu faire rechuter celle qui y trônait telle une reine ; et le soulagement se lisait sur les visages tendus vers elle, revenue miraculeusement de si loin. Et tous remarquaient un détail insolite qui frappait leur attention quand ils croisaient le regard de la Mère, encore fiévreux, enveloppé d'un voile de brume. Regard qui semblait revenir d'un voyage infini, du fin fond des flots, dont il avait d'ailleurs ramené avec lui la couleur : ses yeux étaient devenus bleus, elle qui avait toujours eu les pupilles foncées, identiques à celles de presque toute sa progéniture.

Une télé avait été installée sur le plafond de la chambre et les infirmiers avaient expliqué qu'ils avaient besoin de savoir si la Mère pouvait se concentrer sur les images, les sons, les mots. La tâche était difficile car elle ne répondait pas à leurs questions. Ce n'est qu'au bout de quelques heures qu'ils avaient compris le mutisme de la Mère, qui ne pouvait leur répondre puisqu'elle ne comprenait pas la langue dans laquelle ils s'adressaient à elle, qui ne parlait qu'arabe et qui balançait la tête à leur contact, surprise et effrayée. Et tous de questionner, d'essayer de formuler, de traduire, chacun donnant sa propre interprétation, son hypothétique compréhension de l'unique phrase que la Mère s'efforçait de prononcer ; phrase qui revenait à intervalles réguliers, aux mots peu nombreux et qui formaient comme un puzzle, une énigme qu'ils essayaient absolument de déchiffrer. L'un d'eux pelait un raisin qu'il portait à la bouche débarrassée de son dentier, un autre amenait du café, un autre encore un potage, mais la Mère détournait la tête en prononçant quelques mots, toujours les mêmes, incompréhensibles, désordonnés. Mots auxquels ils n'accordèrent bientôt plus d'attention, trop occupés de leur soulagement, de leur allégresse.

Étrangement, tous les téléphones – vides de crédit quelques minutes auparavant – s'étaient remis à fonc-

tionner. Et la nouvelle circulait plus vite que le vent qui se cognait sur la fenêtre aux rideaux sales, rebondissait sur les murs et qui, ignoré, semblait se taire pour laisser place aux voix jusqu'alors étouffées, retenues, lesquelles répétaient inlassablement le même couplet, le même refrain, le même chant : Elle est revenue…

Mais ces yeux bleus et ces mots prononcés par la bouche fatiguée, toujours et encore les mêmes, ne cessaient de les intriguer et semaient le trouble dans leur cœur. Que disait la Mère ? Elle répétait une phrase, sans cesse. La fièvre ne l'avait pas quittée. Et qu'importait les mots prononcés puisqu'elle était là, de nouveau parmi eux, détachée de la grosse machine aux bras désormais ballants, des petites lumières éteintes et des drains qui lui sortaient la veille encore de la poitrine ? La vie allait pouvoir reprendre son cours, les heures allaient pouvoir rejoindre les heures dans le calme, la quiétude, l'insouciance. Et le regard revenu de très loin, bleu désormais, les fixait tous un par un et chacun, semblait s'attarder sur les contours de leur visage. Ils n'y prenaient plus garde, emplis qu'ils étaient de la joie qui les submergeait. Soit, les yeux de la Mère étaient bleus et ses propos désordonnés. Mais elle était revenue dans le monde des vivants, à leur côté ; et qu'importait tout cela puisque les prières envoyées depuis leurs lits improvisés, installés en toute hâte et disséminés aux quatre coins de son apparte-

ment qu'ils occupaient provisoirement avaient pour une fois été exaucées. La Mère n'était pas morte. La Mère parlait. La Mère avait même accepté un grain de raisin et la Mère quitterait bientôt cette chambre affreuse aux murs gris, qui porteraient à jamais et en silence la mémoire de Sa douleur et de leur affliction.

Fatiha

Te voilà sortie d'affaires, petite mère, je le savais bien. J'ai tant prié, mes sourates ont été si ferventes qu'Il a dû n'entendre que moi et me faire passer en priorité. Je suis heureuse de retrouver tes yeux, devenus bleus aujourd'hui. Mon mari dit que c'est parce que tu as dû voir Dieu dans ton voyage et que tu en as ramené un bout de ciel. Ah oui je suis si contente que tu sois de nouveau parmi nous. Je craignais le pire pour toi, si tu mourais. Car je sais bien ce qui se passe dans leur tête, à eux tous. Ils auraient fait plein de choses qui auraient nui à ton entrée au paradis. J'ai même entendu Orane parler d'une convention obsèques qu'elle voulait contracter pour toi. Mais tu sais, toi la Mère, que chez les musulmans cela est péché, le prêt, l'usure, la spéculation. Combien de points cela t'aurait-il enlevés pour l'accès au paradis ? Des dizaines certainement. Et Salah qui avançait l'hypothèse d'une trachéotomie… Cela aussi est contre l'Islam : les greffes, les transplantations sont interdites chez nous. Et j'aurais préféré que tu meures plutôt qu'on touche à un seul des membres qui t'aurait tant fait défaut lors de ta rencontre avec Dieu et ses anges. Et puis comment aurions nous fait, dis-moi ? Dans notre ville il n'y a pas de carré musulman. Peut-être, eux, tous les mécréants, auraient décidé que tu sois enterrée en cimetière chrétien, au côté des chrétiens, parmi les chrétiens. Mon mari dit que si tu avais été enterrée à leurs côtés, tu aurais été dérangée par leurs hurlements et leurs supplications sous la terre. Car tous les jours Allah les fait brûler un peu pour les punir de l'avoir ignoré. Voilà pourquoi aussi l'incinération est interdite : seul doit brûler celui qui ira en enfer, et ce n'est pas aux hommes, ici sur Terre, de décider qui doit brûler. C'est Lui qui juge. Il m'a dit aussi que quand viendra le jour dernier, les mécréants ne pourront se cacher nulle part et qu'il n'y aura grâce pour aucun d'eux. Même l'arbre derrière lequel ils se cacheraient pour échapper à Son jugement, les dénoncerait :

— Il est là, caché. Là, juste derrière moi…

Salah n'arrête pas de courir après les docteurs et de les remercier d'avoir sauvé la Mère. Ils le toisent. Il se rend ridicule et nous fait honte à tous. Comment n'a-t-il pas compris que c'est Dieu qu'il faut remercier ? Dieu donne et reprend, Lui seul en a le pouvoir. Il ira en enfer, lui le presque chrétien, avec tous ses autres frères et sœurs. Et ils crieront sous la terre, dévorés par les flammes. Mais toi et moi qui irons au paradis ne pourrons rien pour eux.

Tu n'arrêtes pas de remuer les lèvres. Stéfa est accrochée à ta bouche et essaie de comprendre ce que tu tentes de dire. Moi je sais que tu es en train de réciter une sourate, directement ramenée de ton voyage vers le ciel et que je te demanderai de m'apprendre quand tu seras rentrée à la maison. Car ton visage est et restera toujours, pour moi, le soleil qui illumine la maison une fois que le soleil a disparu, là bas derrière l'horizon.

Saïd

Fatah et moi nous revenons de la petite machine à café. J'aurais préféré descendre au rez-de-chaussée car là ils ont de la bière, mais je n'ai pas osé m'éloigner trop longtemps. Nabil regarde droit devant lui et ses petits yeux bruns dans son visage de bois semblent fiévreux. Il se lève, raide comme un bâton, traverse la pièce en trois enjambées. Je ne vois plus maintenant que la manche de sa veste qui disparaît au coin de la porte. Fatiha tient dans ses doigts le chapelet de la Mère, l'égrène minutieusement et psalmodie en silence. Seules ses lèvres bougent au rythme des petits grains qu'elle fait glisser l'un après l'autre. La Mère aussi, de temps en temps, murmure quelque chose. Et la petite reste accrochée à sa bouche pour saisir. Peut-être dit-elle tout simplement une prière? Ça n'est pas bien grave, ce qu'elle peut dire. Elle ne manque de rien, tout autour d'elle il y a à boire, à manger et même la télévision là-haut diffuse son feuilleton préféré. Le principal est qu'elle se soit débarrassée de cette machine. Fatah me doit de l'argent. Je le lui ai rappelé près de la machine à café et il a éclaté de rire. J'ai eu le visage trempé alors, car ses dents laissent échapper toute sa salive quand il rit. Cet argent, je le lui ai prêté il y a quelques années quand il a fallu payer une caution pour le faire sortir de prison. J'ai fait ça uniquement pour ses enfants. S'il ne s'était agi que de lui, il aurait pu rester en prison la vie entière et absolument rien n'aurait changé pour moi. J'en aurais bien besoin pour acheter quelques petites bouteilles. Je sais que ce soir j'aurai l'esprit à la fête, car la Mère va beaucoup mieux.

Orane, là-bas, n'a pas quitté l'air inquiet et froid que je lui connais depuis toujours. Je suis sûr qu'elle s'en fiche que la Mère aille mieux. Aujourd'hui aussi elle a mis du rouge sur ses lèvres. Je n'ai rien contre; ça rajoute une touche de couleur dans cette chambre grise, bien que les joues de la Mère soient encore bien rouges elles aussi. Zara, à ma droite, a l'air tellement béat qu'elle ressemble à la Vierge, bien qu'elle soit un vrai démon. Je l'ai vue là-bas, à la campagne, chaussée de grosses bottes en plastique, soulever à bras-le-corps une brouette emplie d'excréments. Elle si délicate, quarante ans pour quarante kilos, avec une toute petite voix. Mais qui n'a jamais vu Zara en colère ne saura jamais qui est Zara. La Mère l'a même surnommée « Luk » pour « Hulk », car elle ne parle pas bien français. Quand Zara s'énerve alors sa voix tonne aussi fort que la foudre et rien ni personne n'a intérêt de se trouver sur son chemin. Elle lance même des sorts avec une voix semblant sortie tout droit de ses boyaux. Mais elle s'occupe si bien de la Mère qu'aucun de nous n'ose lui dire quoi que ce soit. Et je sais que la première chose qu'elle fera, quand la Mère sera sortie d'ici, c'est l'emmener dans sa maison, à la campagne ; et que là, la Mère sera choyée, toilettée, nourrie comme par une chatte s'occupant de son petit chaton. J'aimerais bien y aller aussi, dans sa maison posée devant une grande forêt bordée de fleurs où l'on peut même apercevoir des biches parfois. Je m'allongerais sur une chaise, un verre à la main et de là, je regarderais le soleil se coucher et la nuit tomber sur la colline…

Aïda

Il n'a même pas attendu que la Mère soit tout à fait guérie pour repartir. Je l'ai croisé dans le couloir. On ne s'est rien dit. Ses mâchoires étaient contractées et sur son visage saillaient des veines. De petites veines bleues qui couraient le long de ses joues, remontaient jusqu'à ses tempes et se perdaient dans ses cheveux, tout comme de petits tentacules. Il doit être sur la route en ce moment, roulant vers son auberge, sa femme, sa caisse et ses clients. Tant mieux, car sa présence est si lourde, ses yeux si vides, son corps si raide ; tout cela est bien pesant. J'ai feuilleté avant de venir un catalogue qui parlait de Zanzibar. Au chaud dans le petit lit de la Mère, enfouie dans son odeur et sous sa couverture, j'ai imaginé le voyage que l'on pourrait faire elle et moi. Je suis sûre qu'elle adorerait Zanzibar car il y a beaucoup de musulmans là bas. Elle pourrait écouter la voix du muezzin tout en s'endormant. Elle ferait de jolis rêves alors car sous cette grosse machine, son sommeil semblait empli de cauchemars contre lesquels aucun d'entre nous, autant que nous sommes, ne pouvait rien. J'ai bien dormi ce matin. J'ai fait la grasse matinée car la Mère n'avait pas besoin de moi. Comme nous avons voyagé elle et moi ces dernières années ! À mes côtés, toujours et partout, comme un ange gardien. Cela me rassurait qu'elle soit près de moi. Je me sentais protégée, rien ne pouvait m'arriver. Et elle aimait tant tous ces beaux paysages qu'elle les ramenait de là-bas, sur de petites peintures à quatre sous qu'elle accrochait dans sa chambre pour pouvoir les contempler à l'heure du coucher. Ma fille est là, collée à la bouche de la Mère, à essayer de comprendre les mots que sans arrêt elle prononce. Pauvre petite! Je sais bien que sa véritable mère ça n'est pas moi, mais plutôt la mienne et je ne lui en veux pas pour ça. Je l'ai laissée à la Mère quand elle avait un an ou deux, encore porteuse de couches avec de jolies boucles dorées, des yeux bridés et bleus. La Mère sur le tard a retrouvé une enfant et moi j'ai pu vivre ma vie car jamais je n'aurais su m'occuper d'une fillette de cet âge. Je sais qu'ils disent que je suis une égoïste mais ma fille n'a jamais manqué de rien, la Mère non plus; et tous étaient bien contents que quelqu'un assume financièrement car jamais ils n'auraient mis la main à leur portefeuille pour l'aider. D'ailleurs combien d'argent me doivent-ils, eux tous réunis? Seule Orane ne m'a jamais rien demandé, peu désireuse, trop orgueilleuse, froide comme l'hiver. Qu'elle y reste, dans sa gadoue!

Il se trame quelque chose entre Fatah et cette infirmière, je le vois bien. Son regard est allumé et plutôt que se porter sur la Mère, il n'arrête pas de la suivre des yeux. Et elle qui minaude. La seule qui ne nous toise pas. Je devrais lui en être reconnaissante mais j'ai l'impression que dans mon cœur il n'y a plus de place ni pour l'amour ni pour la compassion ni pour la tendresse, enfin pour absolument rien de tout ça.

Orane

Tiens, la voilà enfin, Sa majesté la reine des cigales, dans son petit tailleur noir et ses perles blanches. Elle n'a su qu'hier soir que la Mère allait mieux et paresseuse comme elle est, déjà ce matin elle est restée dormir plutôt que venir constater par elle-même. Je sais que dans son petit cœur d'artichaut tout tourne à l'envers, mais je sais aussi que – il faut bien rendre à César ce qui est à César – si l'on se donne la peine de gratter, de fouiller, elle vaut bien mieux que nous tous réunis. Elle aimait même le père et j'espère qu'avec les années elle a fini par se lasser. Que fait-il, le père, en ce moment ? Ne sait il toujours pas que la Mère est à l'hôpital ? Je suis sûre qu'il sait. Fatiha qui confond maintenant mensonge et silence a dû le lui dire. Mais il n'est pas venu comme il n'est jamais venu pour aucun de nous. C'est même Saïd qui nous a conduites au préventorium sur sa mobylette, Zara et moi quand nous avons eu un début de tuberculose toutes les deux. Il était loin pourtant, ce préventorium. Il nous a installées, deux fillettes de sept et neuf ans, une devant une derrière et lui au milieu. Nous avons roulé longtemps et enfin nous sommes arrivés, sains et saufs. Je me souviendrai toujours du désespoir qui m'a prise quand j'ai compris que Zara et moi nous resterions là et que personne ne viendrait nous voir avant des semaines, car seul le père conduisait.

La Mère est là juste en face de moi. Elle fixe la télévision de son regard bleu et indifférent. Je lève les yeux à mon tour, intriguée : un trou dans la terre devant lequel sont assemblés des gens qui pleurent et un cercueil qui glisse au fond de ce trou, soutenu par des cordes. Non la Mère, ne regarde pas ça et arrête de murmurer les mots qui sans arrêt reviennent à ta bouche et qu'aucun de nous ne comprend. Je t'aime tant... D'ailleurs est-ce toi qui as fait qu'aujourd'hui mon attirance se porte sur les femmes ou sont-ce mes frères, mon père qui m'ont tant fait craindre les hommes que pour moi tout semble difficile avec eux ? J'imagine ce qu'ils disent quand je ne suis pas là, comment ils me surnomment. Et ce surnom n'a rien à voir avec celui dont ils m'affublaient petite. Non, ça n'est plus jamais « Quat'zyeux » qu'ils m'appellent ; mais peut-être après tout ne m'appellent-ils plus du tout, moi l'invisible, l'ignorée, la renégate.

Pourquoi ai-je cette impression que malgré le miracle la Mère ne s'en sortira pas ? Je n'ai jamais pu croire aux cadeaux de la vie. Jusqu'à la refuser, la vie, jusqu'à laisser une couche d'amertume s'installer au fond de mon ventre, au fond de mon cœur. Si épaisse, si dense que personne ne pourra plus jamais m'en défaire. Non il ne bat plus pour personne ce cœur, parce que je déteste tout et tout le monde, et que tous me le rendent bien.

Fatah là-bas, pour attirer l'attention de l'infirmière, se démène comme un chat devant un bout de viande qu'il n'arrive pas à attraper. Je ne doute pas un seul instant qu'il la mettra dans son lit. Mais je ne doute pas non plus qu'il la fera souffrir, comme il a fait souffrir toutes les autres et que devant son visage défait, meurtri, il dira d'elle un jour :

— Pfff… Ce n'était qu'un bout de gras.

Je devrais peut-être quand même souscrire à cette convention obsèques pour la Mère. Cela pourrait être utile, car même si ça n'est pas pour aujourd'hui, elle mourra un jour. On dirait que nous avons réussi pour une fois à donner un petit coup de pouce à la chance. Mais je reste méfiante et espère de tout mon cœur que ce n'est pas elle, la chance, qui va nous mettre un petit coup de pouce et dans le derrière, un proche matin.

Saïd et Fatah se lèvent, ils vont encore prendre un café. Mais je sens bien moi, à l'haleine de Saïd qui envahit la chambre et qui fait tousser Fatiha que derrière cette machine doivent être cachées d'innombrables cannettes de bière qu'il engloutit dès l'aube venue.

La Mère ne dit plus rien. Un vol d'oiseaux passe derrière le voile opaque de la fenêtre, en cercle, s'élargit de plus en plus et finit par se dissiper dans le ciel blanc.

SALAH

Quand Aïda m'a appelée au téléphone, elle la petite menteuse, la mythomane, j'ai encore cru qu'elle disait n'importe quoi. Mais c'est bien vrai. La vérité est là devant moi : la Mère est débarrassée de sa machine, de sa trompe d'éléphant, de ses petites lumières, de ses drains, de ses tuyaux. C'est moi qui aurais dû en être informé le premier, non seulement parce que je suis l'aîné mais aussi parce que je suis docteur et je ne comprends pas pourquoi les infirmières et les médecins avec lesquels je suis si poli ne m'ont pas appelé, moi. Et c'est encore elle, crâneuse, prétentieuse, qui a eu la primeur et qui, de sa petite voix insolente, m'a parlé comme à un moins que rien. Je suis persuadé qu'elle se shite, qu'elle s'envoie des rasades dans les veines et que c'est ce qui lui donne ce culot monstre, cet aplomb, cet opportunisme. Elle triture son collier de perles et je la vois se lever d'un bond dans un tourbillon de parfum, bientôt rejointe par sa sœur Orane qui, avant de sortir jette un regard sur l'infirmière ; on sait tous bien pourquoi. La petite, qui m'a l'air un peu idiote par atavisme se lève à son tour et nous laisse enfin apercevoir le visage de la Mère auquel elle était pratiquement collée depuis des heures. Je le leur avais bien dit, que la Mère s'en sortirait. Évidemment ils ne m'ont pas écouté, comme toujours. Fatah consulte sans cesse sa montre. Une montre médiocre sur un pauvre poignet de mendiant. Il portait pourtant il y a quelques mois une montre de luxe ; on peut imaginer ce qu'elle est devenue. Il paraît qu'il a arrêté de boire. Je sais bien pourquoi : juste parce que l'épicier en bas de chez lui devenait trop cher, voilà tout... Entre l'alcool et le tiercé, son choix a vite été fait. Car sans tiercé ce serait un homme fini. Zara éternue juste devant le visage de la Mère, la bouche ouverte, sans penser un seul instant qu'elle pourrait la recontaminer en une seconde, la faire rechuter et la renvoyer à sa grosse machine et à tous ses tuyaux. Je n'ai rien contre Zara à part le fait que ce soit un escroc. N'a-t-elle pas fait semblant de tomber de la machine sur laquelle elle travaillait pour empocher l'argent des assurances et être indemnisée pour longtemps ? Je vois qu'elle va très bien et qu'elle n'a rien, à part ses deux grandes maisons. Ses maisons sont belles, spacieuses, entourées d'hectares de terrain sur lesquels s'étale une grande forêt bordée de collines et où courent des moutons, des chiens, des chats, des poules, des canards. Et moi l'homme rompu, honnête et travailleur, jamais je ne pourrai m'offrir une maison comme celle-ci. Mon illuminée de sœur, Fatiha, qui a dû voir la Vierge ou quelque chose comme ça, nous donne l'allure de derviches tourneurs avec son foulard sur la tête. Je me sens humilié devant ces médecins, ces infirmières. L'obscurantisme crasse est de retour. C'est son analphabète de mari qui doit lui mettre sournoisement toutes ces idées dans la tête. Vivement que la Mère sorte d'ici, que je puisse, tous, ne plus jamais les revoir, même en rêve et dans mes nuits qui depuis quelques temps sont aussi laides que mes jours...

ZARA

Qu'a-t-il à me regarder comme ça lui, avec sa petite tête de singe et ses yeux d'albinos ? Je vois bien qu'il m'observe depuis des heures et tout ce qui doit se passer dans sa cervelle n'a pas l'air très beau. Petite, je le craignais si fort : il avait les doigts secs et pointus, avec lesquels il nous faisait d'affreuses bosses sur la tête, rien que par plaisir. Nous l'avions même surnommé « Bobosse » et ce surnom lui est resté. Je me souviens aussi qu'il dormait toujours avec un bas sur la tête pour aplatir ses cheveux. Voilà sans doute pourquoi aujourd'hui ils sont raides et soyeux. Je ne lui en veux pas moi, pourtant. Il me fait juste un peu pitié, voilà tout. Je n'y peux rien si sa vie est ratée, il doit y être pour quelque chose, on récolte ce qu'on sème après tout. Il va finir par me gâcher ma joie, celle de revoir la Mère assise là dans le monde des vivants, devant la nourriture et l'eau des vivants. Enfin elle est devant moi, débarrassée de cette vilaine chose qui lui mangeait la moitié de la figure et je retrouve son visage lisse, ses pommettes rondes, ses sourcils fins, sa toute petite bouche et son nez qui n'a rien à voir avec la vilaine trompe de ces derniers jours. J'observe son visage et je vois une expression étrange y passer, qui me renvoie à ce jour où le feu avait éclaté dans les poubelles de son petit immeuble. J'ai vu une telle frayeur dans son regard ce jour-là ; aujourd'hui encore mes rêves en sont douloureux. J'ai mis des bougies hier soir dans une église. Pourquoi n'aurais-je pas tenté tout ce qui est possible, pourquoi Fatiha aurait-elle l'exclusivité des prières et des dévotions ? Mais ça je ne le lui dirai jamais, incapable qu'elle serait de m'entendre, de me comprendre, de me pardonner. Le vent souffle sur les carreaux, il doit faire froid dehors. La petite chambre est bien mieux chauffée qu'hier, mes doigts me le disent. J'ai attrapé l'onglée car je n'ai pas les moyens d'allumer le chauffage dans la grande maison. Je me sers juste d'un petit poêle à gaz et ce n'est pas suffisant. J'attendrai un peu avant d'y faire venir la Mère, je ne voudrais pas qu'elle retombe malade. Mais j'ai hâte de la voir assise sur la balancelle de la terrasse, les jambes allongées, quelques morceaux de pastèque à portée de la main. Je suis sûre que nous verrions des biches, là-bas au loin. Et elle me dirait, comme elle l'a fait bien souvent :

— Regarde. Elles te ressemblent…

Fatah

Il est dans ma poche. Oui il est là, je ne l'ai pas perdu. Un petit ticket, poinçonné à différents endroits, juste des petits trous sur de petits numéros. Mais ce ticket vaut bien plus que tous les billets que j'ai eus ces derniers mois. Je suis passé au PMU avant de venir et j'ai misé sur les chevaux portant les chiffres de la date d'hier, celle du jour où la Mère est revenue. Comme je suis soulagé qu'elle soit de nouveau là, j'ai eu si peur. Je n'ai qu'elle au monde. Qui me prêterait de l'argent quand je n'ai plus rien à manger ? Aucun d'eux ne le ferait. Elle seule pouvait me comprendre. J'ai même réussi à lui vendre ce bracelet qui ne lui faisait pas envie du tout. Je sais bien que c'est pour moi qu'elle a fait ça. J'ai aussi essayé de le lui reprendre mais elle n'a pas cédé, ce qui m'a mis hors de moi. Je lui ai alors craché à la figure. Elle n'a rien fait, elle m'a juste regardé avec des yeux qui disaient qu'elle savait depuis toujours qu'un jour j'en arriverais là.

Aïda murmure quelque chose à l'oreille de sa fille. C'est impoli pour l'infirmière qui passe juste devant nous. Tout à l'heure, maintenant que tout est rentré dans l'ordre, je lui parlerai. Je l'inviterai au restaurant et après je lui proposerai de m'accompagner à Vincennes. J'ai le sentiment qu'elle va accepter car je vois ses paupières se baisser quand elle me regarde. J'ai toujours aimé les femmes blondes, propres, discrètes. Il faudra que j'essaie d'emprunter quelque argent à Aïda pour tout ça. Elle aura tout intérêt à me le donner. Une rumeur dit qu'elle fait un stage dans une association de rééducation pour jeunes délinquants sortant de prison. Méfiance, les Renseignements généraux ne sont rien à côté d'elle, dangereuse comme du poison. Heureusement que la Mère n'est pas morte car il aurait fallu payer l'enterrement. Encore de l'argent à trouver… Ça m'enlève une grosse épine du pied, comme on dit. Enfin, j'ai hâte que tout cela soit fini, que la Mère rentre chez elle, qu'ils repartent tous chez eux. Alors je jure que ce jour-là je me jetterai à ses pieds pour lui expliquer que tout cela est bien plus fort que moi. Je serai si sincère, si convaincant, que sur son petit fauteuil rose, pleine de sagesse et de compréhension, de sa petite bouche elle me sourira et du fond de son cœur me pardonnera.

STÉFA

Comme ils ont l'air contents, tous. À part peut-être tata Orane. Maman dit même qu'elle va emmener mamie à Zanzibar avec elle, il paraît que là-bas il y a plein de muezzins. Moi je n'ai jamais entendu le chant d'un muezzin. Je voudrais bien, cela doit être très joli. Mon autre grand-mère, du côté de mon père, a des rites différents : elle danse devant Bouddha et lui fait des offrandes. Mais je me sens plus proche de mamie et de mes oncles et tantes ; je sais même parler arabe. Je me suis approchée d'Orane tout à l'heure et comme un petit serpent, me suis lovée sur la chaise que tonton Saïd vient de quitter. Je lui ai demandé si elle était contente mais elle m'a juste regardée en souriant, comme d'habitude. J'ai senti, même si je ne suis qu'une enfant, que ses yeux tout au fond ne souriaient pas. Ses yeux m'inquiètent aujourd'hui, ils évitent tout le monde. Ils observent juste mamie de temps en temps, mais elle les détourne bien vite comme si elle se faisait mal à ce contact. J'ai l'impression qu'elle n'arrive pas à croire que mamie s'en est bel et bien sortie. Moi aussi j'ai encore un peu peur car tout depuis le début s'est passé si vite. Mamie allait bien et cinq minutes plus tard elle était ici, alors pourquoi cela ne se reproduirait-il pas ? Il faudrait peut-être profiter du fait qu'elle aille mieux pour la transporter ailleurs. Ils en parlaient hier encore et maintenant que c'est possible, personne ne dit plus rien. Mais ils ne m'écouteront pas, je suis trop petite. Pourtant je sais plein de choses déjà, notre famille est si grande et me donne tant à voir que je me sens presque adulte. Je me demande pourquoi mamie n'arrête pas de prononcer cette phrase. Mais elle a encore un peu de fièvre, elle ne sait pas très bien ce qu'elle dit. Quand j'étais toute petite, j'ai fait du judo et un maître judoka m'a dit qu'il ne fallait jamais abandonner ce que l'on a commencé d'entreprendre. Voilà pourquoi j'ai passé presque la journée entière tout près de la bouche de mamie et je suis très fière, car moi seule ai réussi à comprendre ce que depuis des heures elle essaie de nous dire. Tonton Nabil n'est pas là, il a dû repartir. Il a bien des soucis paraît-il, mais ma grand-mère vietnamienne m'a expliqué ce qu'est le karma. Je ne dis pas qu'il mérite ce qui lui arrive, loin de là et ça m'a fait bien de la peine de le voir dans cet état hier, tout diminué, rabougri. Il n'a pas parlé du tout, n'a fait que regarder sa montre et se passer la main dans les cheveux, qu'il rejette en arrière sans y penser. De beaux cheveux soyeux, bien noirs, dans lesquels j'ai vu quelques fils blancs. Qu'il me faisait peur, toute petite, pourtant… Il me regardait avec de gros yeux et je fondais en larmes. C'est lui qui m'a confisqué le biberon que j'ai mâché très tard, il faut bien l'avouer. Je sais aujourd'hui qu'il a eu raison car maintenant j'ai les dents un peu déformées par la tétine. Il venait à la maison avec sa femme tous les dimanches. Mamie leur faisait un bon repas qu'ils prenaient dans le salon, tous les deux. Et ils fermaient la porte pour ne pas être dérangés. Comme ça sentait bon ! Je n'avais pas le droit de goûter, je mangeais seulement s'il en restait un peu, et il en restait toujours. Je me souviens de l'odeur comme si c'était hier et je me souviens aussi qu'à cette époque-là, sa femme et lui s'entendaient très bien. Enfin mieux qu'aujourd'hui d'après ce que, malgré moi, j'entends dire parfois.

Mon petit chat s'est sauvé cette nuit et je n'ai pas eu le temps d'aller le chercher. Dès qu'ils sortiront mamie de cette chambre, peut-être bien tout à l'heure, j'irai coller des affiches dans le quartier. Je promettrai une récompense, les gens font toujours attention quand il s'agit d'argent. J'espère qu'il ne s'est pas fait écraser par une voiture. Mon chat est tout noir avec de petits poils très doux. Quand je le tiens contre mon cœur, je sens sa chaleur et cela m'aide à m'assoupir, même si mamie parfois dit qu'il l'empêche de dormir. Je le fais alors sortir de la chambre, mais il pleure si fort que dès que j'entends les ronflements de mamie je retourne le chercher, pour qu'il se colle à nouveau tout contre moi sous la couverture. On s'endort alors tous les deux et longtemps il tête le bout de mon doigt, avec sa petite langue rêche comme le dos d'une éponge. Je me demande ce que la phrase de mamie veut dire. Je l'ai répétée il y a cinq minutes à tata Orane. Sa figure s'est décomposée, ses yeux se sont dilatés. Elle s'est levée d'un bond et a quitté la chambre comme si elle était en feu. Ce que dit mamie ? Elle dit ceci :

— Cherchez, fouillez, n'épargnez aucun coin de l'appartement. Et vous trouverez…

Et le petit appartement fut retourné. Ils avaient fouillé, cherché ; n'avaient épargné aucun coin de la maison ; soulevé les chaises, retourné les tiroirs, défait les lits, démonté les pieds des tables, secoué les tapis, décousu les matelas, séparé les assiettes, décroché les tableaux. Ils se rencontraient dans un chassé-croisé horizontal et vertical, l'un monté sur une chaise, suspendu à une lampe, un autre allongé sous le lit, d'autres encore penchés sur le rebord de la fenêtre, où la Mère avait installé un abri pour les oiseaux. Ils ne savaient pas ce qu'ils cherchaient mais le sort s'était inversé, escorté par une sonnerie nocturne : une mélodie dans la nuit et la voix toujours indifférente des médecins, conseillant de venir, de se dépêcher car il n'y en avait plus pour très longtemps. Ils s'étaient précipités, fébriles, apeurés et avaient réintégré la chambre où la Mère gisait de nouveau le souffle rare et léger. L'aînée avait apporté des chaussettes car le petit corps, si chaud la veille au soir, était désormais glacé. Elle lui massait les pieds, lui parlait, lui chantait une chanson, sous le regard apitoyé des infirmiers. Ils étaient assis, là, sans doute pour la dernière fois autour de la Mère agonisant, et leur propre souffle se faisait de plus en plus rapide et inquiet.

Leurs recherches n'avaient pas été vaines. Ils avaient trouvé au fond d'une vieille valise un petit paquet de billets de deux cents francs pliés en quatre, qu'elle avait dû soigneusement économiser, semaine après semaine, mois après mois, année après année. Ainsi donc le sort en était jeté, la Mère l'avait décidé : elle paierait elle-même son cercueil. Et ils s'étaient sentis plus indigents que jamais face à cette découverte, honteux, ramenés à leur propre réalité. Affalés autour du petit lit, les poches gonflées des téléphones tous mis en position vibreur, ils se levaient de temps en temps pour serrer les petits doigts gourds, réajuster le chapelet, sentir encore une fois le souffle et l'odeur de la Mère désormais presque allongée sur le flanc. Cernés par le silence ils avaient entendu tout à coup, comme en écho à leur propre chagrin, un hurlement de loup dans la nuit, rauque, s'élever vers le ciel et qui semblait venir du parking de l'hôpital noir et endormi.

Mais tout espoir les avait quittés car la découverte des petits billets signait, de la main de la Mère en personne, la fin proche.

Comment auraient ils pu imaginer cela ? La Mère, méthodique, sortant la petite valise, l'ouvrant et consciencieusement y posant l'argent qu'elle destinait à ses funérailles. Pourquoi ne leur avait-elle jamais dit qu'un jour elle ne serait plus à eux, qu'elle les quitterait et que non, elle n'était pas immortelle ?

Les infirmiers entraient de plus en plus souvent dans la chambre. Ils jetaient un coup d'œil sur la machine et sur le corps, réinjectaient quelque liquide par l'un des tuyaux puis s'en retournaient en secouant la tête, vaincus.

Ils ne se regardaient pas car le souffle, de plus en plus léger, accaparait toute leur attention. Et ils ne se sentaient pas seuls, conscients que dans chacun des cœurs qui battait près du leur le venin de l'angoisse, de la solitude, du désespoir montait, se propageait dans leurs veines et les laissait essoufflés, hagards, silencieux. Ils étaient faits de la même étoffe, des mêmes croyances, de la même superstition. Et quand le souffle de la Mère repartait alors vite ils s'écriaient, d'une seule voix : Elle est revenue… Mais les heures passaient et les petits pieds se faisaient de plus en plus froids, semblaient contaminer le corps tout entier jusqu'aux lèvres maintenant devenues bleues. Tout à leur chagrin, ils unissaient leurs gestes dans le même effort, berçant, massant, murmurant, consolant, suppliant, comme si de la survie de la Mère dépendait leur propre survie.

FATIHA

Petite mère, j'aurais dû emmener du parfum pour te masser. Tes pieds sont si froids. Mais ils ont déjà été froids comme cela quand tu étais jeune, tu me l'as raconté : tu voulais enfiler tes chaussures et un scorpion t'a piquée. Tu es restée alitée pendant des jours et des nuits, laissée là comme morte et ton cœur, sous l'effet du venin, semblait vouloir sortir de ton corps, s'en échapper par le dos. J'espère que tu n'as pas aussi mal. Tu ne pouvais pas parler alors. Tu ne peux toujours pas. Comme cela fait mal de te voir, de nous voir tous ainsi, devenus fous, voulant contrer la volonté de Dieu. Car je sais que tu es en train de mourir. Je le sais depuis des jours même si ton regard, bleu, revenait directement de là-haut. Je le sais parce qu'il y a quelques semaines, toi qui ne sais pas te servir d'un téléphone, tu as composé mon numéro, patiemment et tu m'as dit d'une voix étrange et impérieuse :

— Viens.

Je suis venue et nous avons ri, bavardé. J'aurais dû sentir que tu ne m'aurais jamais fait venir si tu n'en savais pas la raison. J'ai été si sotte de ne pas écouter mes sens alertés et je suis retournée chez moi le cœur léger, soulagée, déjà repartie vers mon mari, mes enfants. Je t'ai alors laissée dans ton fauteuil, seule. Peut-être même as-tu pliés et mis ce jour-là dans ta petite valise les billets que je t'avais donnés et que tu avais acceptés en rougissant. Allez, la Mère, ton cercueil sera tout vert, couleur de l'Islam et sois sûre que quand l'heure sera venue je ne laisserai personne, et surtout pas un seul de ces mécréants, t'y déposer.

STÉFA

Je ne veux PAS que ma mamie meure…

FATAH

Ainsi donc elle va mourir. Et moi qui, hier encore me baladais, le cœur joyeux et la truffe au vent. Zara sanglote. Cela me fait mal de la voir s'écrouler comme cela, elle si forte, plus forte que « Hulk », plus forte que tous les « Hulk » réunis. Il n'y a pas très longtemps, elle venait encore fouiller dans le frigo de la Mère quand le sien était vide. Elle repartait toujours avec une bouteille de lait, un paquet de pâtes et quelques tomates quand je n'étais pas passé avant elle. Je sens bien que la Mère va mourir, je n'ai qu'à regarder dans les yeux apitoyés de l'infirmière que je connais mieux maintenant. Orane là-bas ne peut plus tenir son corps, elle semble s'écrouler à chaque instant. Mais Aïda la soutient, la redresse sur sa chaise et lui murmure quelques mots qu'elles seules entendent. Que peut-elle bien lui dire ? Car il n'est plus rien à dire, j'en ai peur. La vie et la mort sont un immense tiercé dont personne ne peut tirer de pronostics exacts. Au meilleur, si les aînés s'en vont avant nous, le tiercé est gagnant. Au pire, il sort dans le désordre. Il est légitime qu'aujourd'hui tu partes la première, la Mère, car perdre un seul de tes enfants avant l'heure t'aurait tuée de chagrin. J'ai très mal car je sens, là tout au fond de mon cœur, que ta mort est ma faillite.

ZARA

Pourquoi ne m'ont-ils pas laissé la chaise qu'hier soir encore j'occupais ? Je suis trop loin de la Mère, si froide dans ce petit lit. Fatiha, en face de moi, lui remet le chapelet entre les doigts. Il glisse car sa petite main ne réagit pas. Son souffle est si léger. Je peux le sentir quand je me lève et me penche vers son visage. Fatiha dit que la Mère est une sainte car du plus profond de son agonie, son corps et son haleine sentent encore bon. J'aurais dû me douter qu'elle allait mourir car ne m'a-t-elle pas raconté, juste avant son arrivée ici, qu'elle avait fait un rêve étrange, celui d'un énorme mur s'écroulant et dont quelqu'un peignait les ruines en vert ? Fatah là-bas, a l'air très abattu. Il me tord le cœur, lui qui a toujours l'air si joyeux, que l'on surnomme même « le fou de la vie ».

Longtemps il a semé des enfants à tous les vents et je me souviens que de temps en temps il frappait à la porte de la Mère et s'enfuyait en riant. Elle trouvait alors devant elle des petites têtes qui lui ressemblaient et qu'elle était ainsi obligée de garder quelques jours, jusqu'à ce que leur père revienne les chercher. Nabil se tient la tête dans les mains et de temps en temps fixe le mur qui ne lui renvoie que le néant. Ce mur gris et sale, à cause duquel jamais je ne pardonnerai à aucun d'eux qu'elle ait été transportée ici.

Si j'avais été là et si l'on m'avait laissé choisir, jamais la Mère ne se serait retrouvée dans ce sale hôpital, cette sale chambre, ce sale lit, avec ce sale personnel qui pas un instant ne nous a parlé comme à des gens entiers. Des demi-gens, voilà ce que nous sommes pour eux. Même si cela est vrai qu'ils ne valent pas bien cher, tous autant qu'ils sont ; et que je suis persuadée que jamais ils ne me laisseront, si la Mère meurt, la faire transporter à la campagne, l'enterrer juste au pied de la colline qu'elle et moi nous aimons tant et derrière laquelle même le soleil, majestueux, rond, choisit de se coucher tous les soirs en flamboyant.

SAÏD

Ils me font peur tous autant qu'ils sont. Je vois bien à travers eux, mais seulement à travers eux, qu'elle va mourir. La Mère va mourir ? Oui, elle va mourir. Et je ne pourrai plus jamais lui raconter les histoires qu'elle écoutait en riant aux éclats. Comme je la faisais marcher, la Mère ! Quand je voyais un chat je lui disais que j'avais vu un lion et elle me croyait. Je lui ai affirmé qu'un jour j'ai parlé à un âne, et que l'âne m'a répondu. Je lui ai aussi raconté pourquoi les chiens se sentent toujours le derrière : jadis, le monde n'était habité que par des chiens, des chiens qui parlaient et il était gouverné par un roi chien. Lors d'une réunion à laquelle assistaient le roi et tous ses ministres, un des chiens a pété. Le roi a demandé que le coupable se dénonce et aucun n'a avoué. Alors il les a privés de la parole jusqu'au jour où le coupable sera retrouvé. Voilà pourquoi les chiens se sentent toujours le derrière, juste pour retrouver l'auteur du pet anonyme. Quand le chien péteur sera retrouvé ils parleront de nouveau. Je ne suis plus aussi sûr que la Mère croyait à tout cela et je me demande bien aujourd'hui de qui elle riait le plus fort, de mes histoires ou de moi. Quand nous nous retrouvions face à face, malencontreusement coincés dans le si petit couloir de son appartement, alors elle me disait pour s'excuser, de sa petite voix qui déformait tous les mots :

— Bardon…

Et moi je lui répondais :

— Brigitte…

Comme elle riait, et comme j'aimais l'entendre rire. Mais quand je me suis mis à boire plus jamais je n'ai entendu son rire et même parfois, je crois bien l'avoir entendue pleurer.

Ne me laisse pas la Mère, car je suis sûr que ta mort entraînerait inéluctablement ma mort à moi, célébrée dans l'agonie d'une orgie d'alcool.

Orane

Je n'arrive plus à tenir mon corps, ma respiration est coupée. Aïda essaie de me soutenir mais je me laisse aller. Si j'osais, j'irais m'allonger près de la Mère dans le petit lit aux draps blancs. Ah petite mère, si tu savais… J'ai une fleur noire dans le cœur. Ma vie est un immense désert, une grande solitude inanimée. J'ai mal car même toi tu l'as dit, mes mains sont glacées. Mon corps et mon cœur surtout. Comment se fait-il que je n'aime rien ni personne et surtout pas moi ?

Je l'ai eu pourtant, ton amour. Et tu m'as même dit un jour, en offrant un bonbon à un de tes petits-fils, comme tu regrettais de ne pas avoir pu nous donner de bonbons à nous, tes enfants. Rassure toi, j'ai l'impression de n'avoir jamais manqué de rien, rassasiée de ton amour. Ce qui a pu me manquer, je te l'avoue aujourd'hui, c'est une poupée. Mais je me souviendrai toute ma vie du jour où tu nous as emmenées avec toi, Zara et moi, rendre visite à quelque lointaine famille et du cadeau qui m'a été offert ce soir-là, par ces gens-là : une magnifique poupée blonde, dodue, avec les lèvres roses et les fesses charnues. Je l'ai aimée très fort et longtemps, bien que je ne puisse pas dire où elle est aujourd'hui ni ce qu'elle est devenue. Elle ressemblait étrangement à la petite fille qu'un jour j'ai trouvée morte au bord de la voie ferrée quand j'avais six ans. Aussi blonde qu'elle, aussi belle, aussi inerte et figée. Je ne l'ai jamais dit à personne mais tu vois, je te parle encore, même si tu ne peux plus entendre, même si ton souffle se fait de plus en plus rare et que ta voix, je le sais bien, ne résonnera plus jamais à mon oreille.

Le père n'est toujours pas là mais j'ai aperçu, en entrant dans l'hôpital, une ombre qui ressemblait à la sienne. Ce que je connais le mieux de lui, c'est son ombre. Je suis sûre que ce n'est pas lui et j'espère que jamais il n'oserait mettre le pied dans cette chambre. C'est bien avant que tu aurais eu besoin qu'il vienne et vois-tu, petite mère, ce qui m'attriste tant aujourd'hui hormis ta mort maintenant inéluctable, c'est ta vie. La vie qu'il t'a fait mener, te maltraitant, te houspillant, te laissant dans le manque et parfois la faim, ne se souciant d'aucun de nous.

Mais sache que je les aime moi mes frères et sœurs car ils sont tes enfants et que, si tu n'es plus là, j'essaierai de mon mieux de les aimer toujours. Pour toi, à travers toi.

STÉFA

Aujourd'hui non plus je n'irai pas à l'école, car mamie est en train de mourir. D'ailleurs, est-ce que j'y retournerai un jour ? Ma mamie est en train de mourir. Cela m'a fait si mal tout à l'heure que je suis sortie dans la nuit, sur le parking de l'hôpital et que j'ai hurlé comme un coyote dans le désert. Une dame très belle est apparue alors, avec un foulard sur la tête, une voix grave et profonde. J'ai cru que c'était la Vierge. Elle m'a poussée gentiment vers l'intérieur en disant :

— Rentre, ma petite, rentre, tu vas attraper froid…

Et c'est vrai que j'avais très froid, alors ça m'a fait penser à mon petit chat. Je n'ai pas eu le temps d'aller le chercher et je suis sûre qu'il va mourir lui aussi.

Je vois bien que mamie respire de moins en moins et que ses jambes sont toutes bleues. Tata Fatiha dit que les musulmans sont morts quarante jours avant le vrai jour de leur mort. Voilà pourquoi mamie me disait qu'elle voyait toute sa famille en rêve ces derniers temps ; elle était peut-être déjà morte. Oh, Dieu des musulmans, je ne veux pas que ma mamie meure… Je ne veux pas… Je ne veux pas… Je ne veux pas.

ORANE

> Que pourrais-je être d'autre qu'une prophétesse
> et une menteuse
> moi dont le père était lutin,
> dont la mère était nonne
> moi qui me suis fait les dents sur un crucifix
> dans un berceau immergé.
> Que pourrais-je être d'autre,
> sinon la filleule du malin ?
>
> Edna Vincent Millay

SALAH

Comme d'habitude, ils m'ont ignoré. Si je n'avais pas été averti par la petite Bécassine, la Mère serait morte sans que je n'en sache rien. Car elle va mourir d'un instant à l'autre, je le sais, moi qui suis médecin, le seul qui travaille dans cette famille. Ils sont déjà tous là depuis un moment et aucun ne m'a accordé un regard à mon arrivée. Ils ont l'air bien mal en point tous autant qu'ils sont, et même l'édenté, le fou pleure à chaudes larmes. Moi j'ai vu trop de morts pour être aussi peiné qu'eux. C'est vrai, c'est la première fois que quelqu'un meurt chez nous, voilà pourquoi tout cela est si douloureux. Nous n'avons pas eu de grands-parents, d'oncles ou de tantes et la première mort qui nous arrive, c'est celle de la Mère, celle qui nous touche tous aussi sûrement qu'un obus à tête chercheuse pourrait le faire. À mon arrivée sur le parking, j'ai assisté à une scène étrange : j'ai vu la petite Bécassine dans les bras d'une femme que j'ai tout d'abord prise pour Fatiha, à cause de son foulard et qui semblait la consoler, la pousser vers l'intérieur. Elles ne m'ont pas vu, ni l'une ni l'autre et la petite a fini par rentrer. Cette scène avait quelque chose d'irréel et s'il n'y avait eu la lumière dans la chambre de la Mère et toutes ces ombres autour d'elle, j'aurais cru avoir rêvé. Elle est là maintenant, les épaules découvertes et secouées par de gros sanglots. La Mère ne respire presque plus, elle plonge en apnée pendant quelques minutes puis brusquement revient, comme l'on revient d'une immersion. Les filles se serrent les unes contre les autres telle une portée de chiots. Dans le fond je pense qu'elles sont plus proches que nous ne l'avons jamais été, nous, les garçons. Je sais qu'ils n'ont aucune tendresse pour moi mais cela m'importe peu, c'est pour la Mère que je suis là. J'ai vu tant de familles accompagner leurs proches pour le grand voyage au cours de ma carrière que cela me fait tout drôle de me retrouver là à mon tour, et de sentir mes larmes couler sur mes joues. Pourquoi la Mère a-t-elle rechuté ? J'étais pourtant persuadé qu'elle allait s'en sortir, j'ai même remercié tous les médecins et les infirmiers un par un, sans oublier aucune des aides soignantes.

Voilà mon analphabète de beau-frère qui entre dans la chambre avec un air désolé. Il se dirige vers sa femme et lui murmure quelque chose à l'oreille. Je n'arrive pas à saisir ce qu'il lui dit mais elle éclate brusquement en sanglots, de gros sanglots longs et lourds qui vont rejoindre ceux de la petite, nerveux, brefs et légers, laquelle, comme pour rejoindre sa tante dans le désespoir se met à hululer de chagrin.

Ton petit appartement, la Mère, était mon oasis. Où irai-je m'abreuver dorénavant ?

NABIL

C'est drôle, je ne ressens plus rien, je ne pense plus à rien, ni à personne. Ce que fait ma femme et avec qui elle est ? La belle affaire ! Qu'elle aille au diable, qu'ils aillent tous au diable, sauf toi, la Mère ; mais toi qui es une sainte, pour sûr le diable ne te concerne pas. Je te vois là, toute petite dans ce lit, le corps et les lèvres bleues et quand je fouille au fond de ma mémoire, je ne trouve aucun souvenir dans lequel tu n'apparais pas. Est-ce vraiment moi qui ai précipité ta mort ? Je sais qu'ils le disent et qu'ils m'en veulent tous pour ça. J'ai bien mal car je réalise à ton chevet que ma vie entière a seulement servi à alimenter un gouffre béant, ce grand vide que je ressens vis à vis de tout, de tous et de toutes. La seule chose qui pourrait me consoler, là, à cet instant précis c'est une cigarette, que j'aspirerais avec délices jusqu'au fin fond de mes poumons. Tu disais que ce n'était pas bien de fumer. Que la fumée te piquait les yeux et te faisait tousser. Mais aucun de nous n'a jamais tenu compte de cela et ne s'est un seul jour privé de fumer dans ton petit appartement, tant nous étions avant tout, plutôt que chez toi, chez nous. Je vais sortir fumer une cigarette sur le parking, la Mère, une minute ; et je t'en supplie, juste une dernière fois : ne pars surtout pas quand je ne serai pas là.

Fatiha

J'ai appelé un imam pour qu'il dise à la Mère la sourate ultime. Mais mon mari vient de me dire qu'il ne viendra pas car il ne veut pas se salir au contact de tous mes mécréants de frères et sœurs. Pourtant, quand il a accepté de venir hier au soir, je me suis sentie si riche et tout me semblait si superflu que je me suis lavé les dents rien qu'avec de l'eau chaude.

Aïda

Saïd rit et pleure à la fois, sans doute tour à tour sous l'effet de l'alcool puis du chagrin. Il a marché sur moi tout à l'heure et m'a serrée dans ses bras. Mon corps s'est raidi et j'ai senti son haleine chaude, alcoolisée envelopper la chambre tout entière.

Nabil se lève et franchit la porte, un paquet de cigarettes à la main. Si j'osais je le suivrais. J'irais fumer aussi là, sur le parking, dans la nuit noire et glacée. Il paraissait si maigre et décharné. Les yeux brumeux, le nez semblant vouloir rejoindre ses chaussures ; et les coins de sa bouche retombaient comme sous le poids d'une enclume. Du cou jaillissait sa pomme d'Adam qui tressautait au rythme de nos sanglots, et son teint était aussi gris que celui d'un caillou. La peau, crayeuse, formait tout un entrelacs de rides sur ses joues et ce n'est que quand il s'est levé que je me suis aperçue qu'il avait enfilé des chaussettes de couleur différente. Il ne s'en est pas rendu compte et si je ne craignais pas que la Mère s'en aille sans moi alors je l'aurais suivi, comme Elle m'a suivie tant de fois.

Je ne veux pas que tu meures, la Mère. Pourtant, tout au fond de mon cœur une petite voix s'élève et te crie : va petite mère, va, pars là où tu dois aller, libère-toi, ne t'occupe plus de nous. Va là où tu l'auras choisi quand tu l'auras choisi. Et fais nous confiance, nous nous en sortirons sans toi, sans ton odeur, ta voix douce, ton regard bienveillant, ton sourire coquin. Tu marcheras toujours à mes côtés là haut, dans tous les ciels bleus que d'une île lointaine je contemplerai et ton rire, léger, se répandra sur moi à travers toutes les moussons. Pars tranquille, petite mère, je m'en sortirai sans toi car le vent des alizés là-bas, gentiment m'appelle…

II

La Mère fut enterrée le vendredi 24 novembre, mois du Ramadan et jour de la Grande Prière chez les musulmans. Jour où toutes les portes du paradis sont ouvertes – les croyants du monde entier, à force de jeûne et de sourates, les ayant fait céder. Miraculeusement, un petit carré musulman qui n'existait pas encore la veille au soir fut attribué par la ville. À force de pressions, la mairie, réticente depuis des années à la création de ce carré, dépêcha des géomètres, des grutiers, des manœuvres. En deux jours ils découpèrent le cimetière sous le regard intrigué des badauds qui se tenaient là parfois au nombre de trois ou quatre et qui surveillaient cette équipe obsolète suant, ahanant sous le poids des pierres. Eux venaient de temps en temps, comme pour vérifier la véracité de la situation. Oui, ils avaient atteint leur but, oui la mairie avait cédé après quelques heures, intimidée par leurs menaces et par leur nombre. Ce que des associations religieuses s'acharnaient à négocier depuis des années était en construction sous leurs yeux. Mais ces travaux les ramenaient à la réalité et ils repartaient alors le cœur vide et déchiré, le regard plein du trou creusé là, juste au milieu, offert à tous les vents en l'absence du mur qui, petit à petit, s'érigerait tout autour.

La Mère serait donc enterrée en terre consacrée, au soulagement de ses enfants qui n'avaient pas un seul instant imaginé de rapatrier le corps dans le pays où il avait été conçu. Encore une fois ils s'étaient retrouvés tous réunis dans le petit salon de la chambre mortuaire, qui donnait sur la chambre froide dans laquelle le corps de la Mère avait été rangé parmi d'autres. Les querelles avaient repris à la grande surprise de l'agent funéraire. Et les voix montaient, passionnées, dans le ton desquelles on lisait la surprise et parfois le désespoir. Car le beau-frère, dorénavant, dirigeait toutes les opérations en qualité de croyant et d'érudit, dictant ses quatre volontés, parfois plus que fantaisistes, à la consternation de tous qui ne pouvaient réfuter ses dires puisque eux, les mécréants, ne savaient rien de tout cela.

La Mère fut enveloppée, selon la coutume, dans un grand voile blanc qui ne laissait plus voir que ses yeux fermés. Deux femmes, qui s'étaient religieusement pliées aux cinq commandements de l'Islam et avaient accompli le pèlerinage, furent convoquées pour pratiquer la dernière toilette avant que le corps ne soit mis en bière. Seule l'aînée des filles, pratiquante, fut autorisée à pénétrer dans le sanctuaire où désormais la Mère attendait son ultime voyage. Elles lavèrent le corps, séparèrent les cheveux en trois petites nattes minuscules, coiffure étrange striée de fils blancs. Longtemps l'aînée serait poursuivie, à travers ses rêves, par une cohorte d'indiens moribonds nattés, tout de blanc vêtus. Mais un petit détail fut oublié qui, sans fin, tous les hanterait : la Mère, une fois toilettée, ne devait plus être touchée par aucun mécréant sous peine d'être resalie. L'érudit, le connaisseur dût seul la soulever, la déposer dans le cercueil, les empêchant même de la regarder pour ne pas entraver son ascension vers les cieux. Et malgré la petitesse du corps, celui-ci pesait son poids mille fois, abandonné, souple encore. Il déclara que la Mère était une sainte, que la rigidité cadavérique l'avait épargnée et que le jour de la résurrection, elle sauterait sûrement plus haut qu'un cabri. Quand il ordonna à l'agent de la chambre funéraire de refermer le cercueil, celui-ci qui assistait à ces rites pour la première fois, n'en croyant pas ses oreilles, répondit qu'il n'en avait pas le droit, à leur grand soulagement. Ainsi ils pourraient apercevoir une fois encore le petit visage, le petit corps, mais seulement de loin. Ils se rejoignirent autour du petit caisson acheté avec l'argent découvert au fond de la vieille valise, et privés d'embrasser la Mère une dernière fois. Une distance de quelques pas devant être respectée, seuls trois imams, arrivés maintenant depuis une minute ou deux, purent approcher le cercueil juché sur une grande table, elle même posée au milieu de l'immense pièce nue. Les imams, refusant de pénétrer dans le cimetière en présence de femmes, dirent la dernière prière là dans la salle, les mains tendues, paumes tournées vers le ciel, récitant la Sourate des Morts. Un téléphone sonna et l'un des imams, sortant l'appareil de sa poche répondit, discuta, ne se souciant nullement d'eux tellement effondrés par la douleur qu'ils ne disaient plus rien, cédant à tous les caprices, se pliant à toutes les fantaisies. Pourtant la petite dans un élan de rébellion transgressa la loi, esquissa quelques pas en avant, rapide, se soustrayant au regard foudroyant des hommes inconnus plantés entre elle et le petit corps et se rapprocha du cercueil, bientôt suivie par tous les autres qui ne firent plus qu'un. Ils poussaient l'œil enfin allumé, l'orgueil et le désir encore intacts, se condensaient en une seule entité qui bientôt eut raison du cordon improvisé qu'avaient, de leurs bras, tendu les religieux. Le dernier regard sur la Mère avant que le cercueil ne fut scellé.

Ils suivirent le fourgon mortuaire comme ils le purent, tous entassés dans trop peu de voitures. Un trou avait été creusé au milieu de nulle part, la Mère inaugurant ce carré de cimetière qui la veille encore n'existait pas. Les filles furent braves et retinrent leurs pleurs car, avait dit l'érudit, les larmes retiennent l'âme du mort et l'empêchent de s'élever vers Dieu. Elles assistaient à la scène, médusées, comme absentes, la tête recouverte d'un foulard. Les garçons, pliant sous le poids du petit cercueil, donnaient du lest à la corde à laquelle il était suspendu et regardaient, consternés, la caisse s'enfoncer dans la terre. Bientôt l'érudit proclama qu'il était dix-sept heures et que par conséquent, ils devaient quitter le cimetière avant que la nuit fut tombée, afin que la Mère puisse pénétrer seule au royaume de Dieu ce vendredi 24 novembre, avant-dernier jour du Ramadan. Et de grands gestes accompagnaient ses mots : ils furent poussés, chassés, poursuivis jusqu'à la sortie. Courant, trébuchant, ils regagnèrent l'extérieur, n'ayant même pas eu le temps de dire un dernier adieu à la Mère qu'ils laissaient là derrière eux.

Ils étaient remontés dans les voitures, désolés, exceptée l'aînée qui dans un excès de passion, aux côtés de son mari, avait continué de les chasser bien après la disparition des véhicules au loin. Et ils s'étaient retrouvés seuls, chacun de leur côté devant leur peine, vaguement conscients qu'ils avaient été possédés ou plutôt, dépossédés de l'événement qu'avait été l'enterrement de leur mère. Ils ne savaient pas que déjà, à leur insu, une guerre fratricide avait commencé, qu'ils nommeraient un jour : la guerre des fleurs.

FATIHA

Es-tu fière de moi? Allons réponds, es-tu fière de moi? Je sais que tu peux m'entendre. Les morts peuvent entendre encore quelques heures après la mort, juste avant leur comparution devant Dieu pour le jugement dernier. Comme on me l'a dit et que je t'ai répété à mon tour, un monstre viendra te voir et te demandera:

— Qui est Dieu?

Surtout n'oublie pas je t'en supplie, même si tu as peur tu ne dois pas te soumettre au monstre. Il te faut lui répondre:

— Dieu est Celui qui nous a tous créés et qui par conséquent, t'a créé toi aussi.

Car, te souviens-tu, c'est Dieu lui-même, déguisé, qui te posera la question pour éprouver ta foi jusque dans la peur. J'ai fait mon devoir, du début jusqu'à la fin. Jamais je n'aurais permis que quelqu'un empêche ton ascension vers le paradis. Heureusement que mon mari était là et qu'il a pu nous dire que faire et surtout comment le faire. Car eux, les mécréants, étaient prêts à t'enterrer n'importe où, leur seul désir étant que tu ne sois pas enfouie trop loin d'eux pour qu'ils puissent continuer à déverser leur venin sur ta dépouille. Comme il a été difficile pour moi d'assister à ta toilette. C'était mon devoir, moi seule pouvais le faire. Mais je suis rassurée, ta tête a bien été placée en direction de La Mecque. Tu es allongée sous la terre et tu n'offenses pas Dieu en lui présentant le dessous de tes pieds. N'aie pas peur, la Mère, je te défendrai becs et ongles sauvagement pointés et ne les laisserai jamais mettre de fleurs sur ta tombe. Car chez les musulmans, il est strictement interdit de déposer des fleurs au pied des tombes. Ils ne veulent pas me croire mais mon mari sait mieux qu'eux, lui qui a effectué le pèlerinage plusieurs fois. Les filles portaient toutes le voile pour ton enterrement et elles étaient bien jolies comme ça. Elles devraient être contentes car les imams disent que les enterrements sont interdits aux femmes parce qu'elles pleurent, et que les pleurs auraient pu te retenir. Mais elles ont assisté quand même, voilà pourquoi les saints hommes ont refusé d'accompagner ta dépouille jusqu'à sa dernière demeure. Puis j'espère qu'elles ne t'ont pas souillée, toi qui venais d'être toilettée, avec leurs yeux et leurs mains d'impies. C'est Stéfa qui a enfreint la loi et s'est avancée la première, suivie par tous les autres : elle ne l'emportera pas au paradis. Dieu a dû voir que ce n'était pas ta faute car Il voit tout et jamais Il ne te punira pour une action que tu n'as pas commise. Je dois une fière chandelle à mon mari, c'est grâce à lui que tous les rites ont été respectés. C'est même lui qui t'a dit à l'oreille, alors que tu agonisais, la dernière Sourate, celle des Morts. Je lui serai éternellement reconnaissante de cela, nos liens sont encore plus indéfectibles, il t'a enterrée comme si tu étais sa propre mère. Car eux, que savent-ils ? Rien, ils ne sauront jamais rien, à part peut-être s'enfoncer de plus en plus dans le péché, la débauche. Et maintenant ils veulent mettre des fleurs sur ta tombe. Jamais je ne les laisserai faire ça, jamais, tu entends ? Tes jours peuvent dormir tranquille, petite mère, je suis là et je veille sur toi, sur ta dépouille enterrée ici en terre musulmane et consacrée. Et tu n'auras pas de voisin dans l'immédiat pour te déranger pendant ton sommeil. Ce matin à la radio, j'ai entendu qu'un cimetière juif avait été profané. Comment peut-on profaner un cimetière ? Il y a tellement de vivants sur terre qui mériteraient d'être profanés, alors pourquoi aller embêter les morts ? Mon cœur se briserait si l'on profanait ta tombe. Je la veux belle, nue, sans parures, sans fleurs, sans idoles. Mais comment leur faire comprendre que les fleurs déposées sur ta tombe gêneraient le passage de ton âme qui va s'élever là-haut, que les fleurs sont pour les vivants sur la terre des vivants ? Ils ne veulent pas me croire et j'ai vu de la haine dans leurs yeux. J'ai même conseillé à Orane de téléphoner au recteur de la

Grande Mosquée. Puisse-t-elle le faire et les ramener ainsi tous à la raison. Mais de toutes façons, l'écouteraient-ils ? Jamais ils n'ont écouté personne, vois où cela les a menés aujourd'hui. Déjà en enfer, ici sur terre. Leurs yeux, leurs corps, leur cœur, tout le dit. Et même s'ils sont tes enfants, la Mère, je sais que pour toi déjà ils ne sont plus rien. Car dans quelques heures seulement tu seras à la droite de Dieu, marchant près de lui fièrement et librement, tout comme le font les anges.

Aïda

Ainsi tout est fini. Elle est partie, elle nous a laissés et elle dort sous la terre. Il y a longtemps que je n'avais pas pleuré et voir ce trou sous lequel elle est enfouie, à deux mètres de profondeur à peine, m'a fait éclater de chagrin. Étrangement, un seul de mes yeux pleurait. Il versait de grosses larmes et le second, tout sec, refusait de se laisser aller, d'ouvrir les vannes. Il doit y avoir quelque chose de fêlé dans cet œil-là.

J'ai réalisé, assise près du trou, que plus jamais nous ne partirions ensemble elle et moi. Mais quelque chose m'a réchauffé le cœur : je me suis souvenue que lors de notre dernier voyage, tous les feuilletons qu'elle aimait étaient diffusés là aussi.

Et elle n'est pas partie sans connaître la chute des histoires qu'elle aimait tant. Elle m'avait dit :

— Que vais-je regarder maintenant que je connais la fin ?

Et moi j'avais ri et je lui avais répondu :

— Ce n'est pas la fin qui compte, c'est le plaisir.

J'ai amené des roses pour la Mère, elle les aimait beaucoup. Mais j'ai bien peur que demain encore je ne trouve le pot fracassé contre le mur. Je sais bien qui fait ça, nul besoin d'être devin. Elle et son mari nous ont interdit les fleurs, les objets, tous les gestes qui peuvent consoler. Ils ne nous ont déjà pas laissé lui dire adieu une dernière fois et voilà que maintenant, tout continue. Trouver l'apaisement ? Comment le pourrait-on, même une petite fleur des champs est considérée comme un sacrilège, la moindre bougie comme une offense, la plus petite pierre comme une idole. Je suis repartie en trottinette quelques heures plus tard. Le jour commençait de baisser. J'ai buté sur un caillou, ai fait un grand soleil, la tête en avant et suis tombée. Mon pantalon était déchiré, mes plaies saignaient et mes bras éraflés et douloureux ont refusé de me remettre debout. Des enfants se sont agglutinés autour de moi. Alors j'ai crié, crié comme les loups hurlent les soirs de pleine lune sous le regard apeuré des petits qui se sont dispersés comme une volée de pigeons. J'ai alors remercié la Mère car je me suis aperçue, soudain, qu'enfin mon deuxième œil pleurait en cadence avec le premier ; et qu'il déversait à son tour de grandes coulées translucides qui venaient se mélanger, goutte à goutte, au sang qui perlait à mes genoux.

STÉFA

Mamie est morte. Et moi je suis vivante. Nous faisions toujours tout ensemble, pourtant. Ils l'ont mise là toute seule dans ce trou. Il n'y a personne avec elle car hier encore ce carré n'existait pas. Mais j'ai bien entendu tata Fatiha au téléphone menacer le maire lui-même et lui dire que si ce carré n'était pas construit, alors qu'il s'attende bientôt à une révolution dans sa ville. Et nous sommes tellement nombreux dans notre famille que j'ai senti sa frayeur. Le jour même il a dépêché toute une équipe pour les travaux. D'ailleurs j'ai bien compris que les imams nous avaient pris en grippe pour cela car eux, depuis des lustres, essaient de négocier ce petit bout de terrain. Ce qu'ils n'ont pas eu en plusieurs années, tata l'a eu en un jour : ils ont crié méfiance. Ont-ils vu, mes tatas et mes tontons, comme l'un d'eux a sorti son téléphone et s'est mis à parler de la pluie et du beau temps alors que ma mamie attendait là, devant eux, son ultime sourate ? De toutes façons, tout cela est beaucoup de bruit pour rien car à moi mamie avait dit :

— Je veux être enterrée n'importe où, auprès de n'importe qui, car la terre est partout celle du Bon Dieu.

Ils se sont tant déchirés pour cela et aucun n'a voulu m'écouter car je suis trop petite. Finalement, je ne comprends pas très bien ce que fait mamie là sous ce petit tas de terre piqué d'un bâton qui porte juste son nom. Comment pouvoir imaginer qu'elle est au-dessous, avec sa bonne odeur, ses yeux malins qui rient toujours, sa peau douce et fragile comme du papier de soie ? Ils ne m'ont pas laissé la voir, tous agglutinés autour de ce trou. Je n'ai rien vu et maintenant je me demande si je n'ai pas rêvé, si réellement elle est là. Peut-être que tout ceci est une scène de théâtre. Cela ne m'étonnerait pas. Car si la tragédie existe, alors c'est chez nous qu'elle est née, qu'elle y trouve à boire et à manger tous les jours. Que vais-je devenir ? Je l'ai demandé à mamie mais elle ne répond pas. Toujours elle me répondait et savait trouver les mots pour apaiser mon chagrin. Et mon petit chat n'est toujours pas revenu. Je suis sûre qu'il est mort. Dommage que je ne l'aie pas retrouvé, on l'aurait mis là, près de mamie, il lui aurait tenu compagnie. Mais je ne sais pas s'il était musulman. J'ai amené une toute petite fleur, une pâquerette et je l'ai cachée car je sais que tata Fatiha ne veut pas que l'on mette de fleurs. Elle dit que c'est péché, que les fleurs sont pour les vivants et que rien ne doit retenir les morts ici sur terre. Mais mamie aimait tant les fleurs. Parfois, maman lui en faisait livrer pour la fête des mères, de belles grosses fleurs de toutes les couleurs qui duraient très longtemps et qu'elle sentait à plein nez tous les matins. Ah mamie, ça n'est pas bien ce que tu m'as fait là, m'avoir laissée, si seule, encore toute petite, même si j'affirme souvent le contraire. Qu'est-ce qui va m'arriver, qu'est-ce qui se passe là ? Je me suis couchée dans notre chambre, dans le petit lit jumeau et l'absence de tes ronflements ajoutée à celle de mon petit chat m'ont empêchée de dormir. J'ai été bien triste dans tout ce silence et cette solitude même si j'entendais les gros sanglots de maman, là juste à côté.

Nabil

Jamais ils ne m'empêcheront de mettre des fleurs sur la tombe de ma mère. Elle aimait tant les fleurs, toutes les fleurs. Les belles et les moins belles, de la toute petite que l'on ramasse au bord du chemin jusqu'à la plus splendide qu'elle coupait, qu'elle mettait dans un verre au bord du petit lavabo et à laquelle elle ajoutait une goutte de vinaigre blanc pour la fortifier. Elle avait la main verte, la Mère, et un bouquet chez elle ne se fanait jamais avant quelques semaines. Son balcon lui aussi débordait de plantes rouges, jaunes, vertes, bleues, touffues, maigres – elle aimait même les cactus – courtes, longues, grimpantes, tombantes. Toutes les fleurs pour elle donnaient le meilleur.

Jamais je ne lui en ai offert de son vivant, trop occupé de mon tiroir caisse et de mes projets d'agrandissement. Alors qu'ils ne comptent pas sur moi, le grand connaisseur et sa folle de femme, pour me plier à leur dernier caprice, leur dernière fantaisie. Je mettrai des fleurs, toutes les fleurs que je ne lui ai pas données. Qu'ils viennent se frotter à moi, qu'ils osent me dire quelque chose et pour sûr je leur ferai ravaler leur bêtise, leur ignorance, leur religion. Soit, je les ai laissés faire depuis le début car jamais je n'aurais voulu m'opposer au choix de la Mère. Elle était musulmane et est donc partie en musulmane. Mais qui peut me certifier que tout cela est authentique, que tout ce que nous avons dû supporter et faire jusqu'ici n'est pas né de l'imagination de celui-là, illuminé tout comme sa femme, rageant, qui nous a chassés du cimetière comme de vulgaires grains de poussière ?

Et nous soumis, comme toujours, courant, nous entassant dans les voitures, parfois pliés en quatre.

Quelle belle allure nous devions avoir! Des princes…

Je sais maintenant que la Mère est ma reine des fleurs car toujours elle a donné le meilleur pour moi. Et elle me laisse une certitude: que peut-il m'arriver de pire maintenant après tout cela et après elle? Pour sûr, je souffrirai moins dorénavant.

Zara

Tous les jours je vais au cimetière et tous les jours je retrouve les pots fracassés, les fleurs écrasées. Que doit penser la Mère sous ce vacarme et cette frénésie? D'où vient cette fureur et pourquoi ne respectent-ils pas les morts? Que sont de simples petites fleurs devant tous les péchés du monde? Le cercueil ressemble bien à celui que j'avais vu en rêve, mais que n'ai-je pas vu en rêve… On m'a dit que je vivais dans l'imaginaire. Mes plantes, mes fleurs, mes bottes et ma brouette sont-ils imaginaires? Et cette pince crochue qui me serre le cœur, est-ce dans l'imagination que je suis allée la chercher? La Mère, cette nuit encore, est venue me visiter. Son visage dans l'ombre semblait pâle et défait. Seuls ses petits yeux luisaient et d'une voix atone, aussi basse qu'un soupir, elle m'a demandé:

— Dis moi Zara, est-ce vrai ce que les musulmans racontent ? Est-il vrai qu'il y a un paradis et puis l'enfer, est-il vrai que Dieu existe ?

Moi je lui ai répondu, en communion avec ses doutes mais avec vigueur :

— Oui, oui, c'est vrai.

Alors elle m'a dit avant de s'en aller :

— C'est bien, continue donc de croire. Tout ce que je sais, c'est que je n'ai plus mal…

Et sa voix semblait si triste, si déçue. Qu'a-t-elle rencontré là-haut et surtout a-t-elle rencontré quelque chose ? Je l'espère de tout mon cœur.

Je ne céderai jamais. Toujours j'irai mettre des fleurs sur la tombe de la Mère, toujours je lui ramènerai de la colline aux biches les fleurs de là-bas, innocentes, immaculées, toutes celles qu'elle arrosait le soir quand elle le pouvait et qui s'éveillaient avec elle, qu'on voyait éclore au matin. Elle souriait ravie, devant de petits boutons de roses qui n'en finissaient plus de se découvrir, de s'ouvrir puis de s'étaler au grand soleil, flamboyantes, habitées. Habitées de mille petits insectes nés dans le bourgeon, se nourrissant de la sève comme des enfants au sein de leur mère et que, à aucun prix elle ne m'aurait laissé anéantir avec mon pistolet. Mes enfants, mon mari ne peuvent rien pour moi. Ils ne connaissent rien de l'aventure que j'ai vécue avec la Mère depuis si petite. Toujours je l'ai protégée, de ses propres enfants tout d'abord, puis de tous les maux qu'elle rencontrait, qu'elle aurait pu rencontrer. Mon énergie était la sienne. Elle me surnommait « Hulk ». Ainsi, même avec Hulk à ses côtés, on peut s'en aller pour toujours. Moi je ne bois pas, ne me drogue pas. Certes je fume, de petites cigarettes roulées bien tassées qui font mal parfois tout au fond des poumons quand la fumée envahit les bronches, et plus souvent qu'à mon tour, mais cela justifie-t-il que je n'aie pu ni la toucher ni l'embrasser ni même la regarder une dernière fois ? Quand je me remémore le visage de Fatiha, violent, grimaçant, visage qui pourtant ressemble tant au visage de la Mère, mon cœur n'en finit pas de se tordre, de rétrécir, de se dégonfler jusqu'à ne plus exhaler qu'un petit sanglot d'incompréhension. Le sommeil est mon refuge, ma rémission, mon lieu de rendez-vous. Et la terre que je vois tout autour de moi me rappelle sans cesse le trou qui à quelques kilomètres de là, à force de pluie finira je le sais bien par se refermer, s'aplatir. Les montagnes jeunes elles-mêmes qui tendent leurs crêtes vers les cieux cèdent sous l'érosion, finissent par s'arrondir. Alors moi aussi sans doute je guérirai. Mais une question revient sans cesse me hanter, me disperser, m'anéantir : où d'autre que dans l'imaginaire irai-je dorénavant chercher son sourire, comment pourrai-je un jour faire le deuil d'un visage qui n'en finit plus de se cacher et de s'enfuir ? Je ne les aime pas, tous autant qu'ils sont. Je ne permettrai jamais qu'un seul d'entre eux remette les pieds ni le regard ici, au pied de cette colline qu'elle et moi, emmitouflées dans l'obscurité, sous la clarté des étoiles et des vers luisants nous ne finissions pas d'explorer et de découvrir.

Fatah

Quand j'étais petit le noir me faisait peur. Et la Mère, disant que l'électricité coûtait cher éteignait toutes les lumières et par la même occasion vérifiait le gaz. Elle faisait ces gestes automatiquement et moi je la suivais, angoissé, vérifiant après elle que le robinet était bien tourné. Plus tard elle n'a plus eu à le faire, sachant que cette manie m'était restée. Aujourd'hui c'est elle qui est couchée dans le noir, seule devant Dieu et les hommes. Ils ont refusé, l'érudit et ma sœur sa femme, qu'elle soit enterrée avec le bracelet à son poignet, disant que l'on doit se présenter devant Lui nu, comme le jour de notre arrivée sur Terre.

Ai-je bien craché sur toi, la Mère ? Non, jamais je n'ai fait cela. Dis-le, sors-moi de ce cauchemar, laisse-moi entrevoir un peu de lumière dans mon obscurité. Et dis aussi que tu n'emportes avec toi que le souvenir de ce petit garçon peureux éclatant en sanglots au bruit d'un pétard, aimant la vie au point de ne plus voir ce qui se passait autour de lui, friand seulement de plaisir, de tout ce qui ne fait pas peur et qui ne change rien en obscurité.

Je les ai tous quittés tout à l'heure et ai encore fait une immense bêtise, une faute de parcours. Aucun ne s'est aperçu de mon départ, et pour une fois j'aurais aimé qu'ils me demandent « Où vas tu ? », qu'ils me retiennent tant mon cœur était brûlant. Il semblait sortir de ma poitrine, certainement comme le tien le jour du scorpion. Mais personne ne m'a rien demandé et je suis sorti dans la nuit, le cœur empli d'un poison si dense qu'il semblait dégager des ondes radioactives. Je suis allé au cimetière. Il était fermé, et je me suis retrouvé devant ce mur qui quelques jours auparavant n'existait pas, et que je n'aurais eu aucune raison de remarquer s'il avait existé. Tu étais là derrière, dans ce trou, tas de terre piqué d'un bâton grotesque portant ton nom ; et quelques mètres de hauteur seulement me séparaient de ton corps. Alors j'ai essayé d'escalader le mur, maintes fois. Je ne suis pas très agile tu sais, et juste comme j'allais passer de l'autre côté et me rapprocher de toi, j'ai vu de grosses lampes se braquer sur mon visage et entendu une voix qui, parlant de moi, disait :

— Il est là.

À cette voix, la Mère, je me suis effondré. J'ai bien senti que tu m'échappais, que ces hommes allaient m'emmener avec eux et que j'aurais beaucoup de choses à leur expliquer, moi qui ne sais plus rien dire. Ils m'ont conduit dans leurs locaux et ont essayé de me faire avouer plein de choses inavouables, mais pour une fois je n'avais rien fait. Je leur ai parlé de chevaux, de haies magnifiques que l'on peut sauter d'un seul bond puis ai enfin lâché que tu étais là, derrière ce mur, toute seule dans l'obscurité. Mes sanglots étaient si épais qu'ils m'ont pris en pitié, qu'ils m'ont ramené à la maison.

Et maintenant je suis là pleurant sur mon infortune, ton infortune, notre infortune, ce bracelet entre mes doigts ; bracelet que tous ont insisté pour me rendre, ajoutant ainsi à ma faute, à mon chagrin. Je voudrais, la Mère, qu'à ton tour tu me portes sur ton dos, que tu me montres les paysages que tu vois et desquels je ne connais rien. Et si je suis fatigué que tu me prennes dans tes bras, comme quand j'étais enfant, que tu me bordes, que tu me caresses, que tu me parles avant de t'en aller seule éteindre les étoiles, rejoindre ta couche et faire signe à la nuit qu'elle peut définitivement s'installer, car tous tes enfants sont en sécurité…

ORANE

— Tu veux que je te prête un franc ? te demandait le père, ridicule dans son costume taillé sur mesure, quand tu lui disais que tu n'avais pas un sou pour nous nourrir. Et de rire, de te précipiter dans la gêne, la honte puis le silence. Moi je ne dormais pas, éveillée par le bruit de clés dans la serrure et par la voix imposante qui s'étalait dans l'obscurité. Je n'en finissais plus de le mépriser, ce père, m'engonçant jour après jour dans une carapace qui me donne une allure lointaine et guindée malgré moi et qui, je le sens bien attire les hommes. Il n'a pas été prévenu. Il n'a pas assisté à ton enterrement et sur le bâton planté sur ta tombe, ton nom d'épouse n'était pas mentionné.

Petite, je te voyais teindre tes cheveux, les laisser reposer sous un voile de plastique pendant des heures. Alors tu revenais enjouée, soulagée, rieuse, débarrassée de tous les petits fils blancs que tu n'arrêtais pas de chasser. Pour lui, rien que pour lui. Et maintenant ces trois nattes ridicules qui te découpaient le visage en petits triangles qui ne te seyaient guère mais dont l'érudit, le connaisseur a exigé de te voir affublée. J'ai téléphoné à la Grande Mosquée de Paris aujourd'hui et ai demandé au recteur s'il est vrai que les musulmans ne doivent pas mettre de fleurs sur les tombes. Il m'a répondu brièvement d'une voix lointaine que mettre des fleurs sur une tombe n'est pas un rite musulman et que les tombes là-bas ne sont pas fleuries. Mais moi je suis sûre que tout ceci n'est qu'une question de climat : les fleurs sous un soleil implacable, sans une goutte d'eau ne peuvent pas s'épanouir. Toutefois je ne mettrai pas de fleurs et si une envie irrésistible me prenait, alors je déposerais à tes pieds une petite plante grasse à l'allure de cactus que tu aimais aussi. Une petite plante pleine d'épines qui saurait peut-être se défendre contre des mains qui voudraient l'exterminer. Vois-tu la Mère, à vrai dire, je n'ose pas penser à ce qui se serait passé si tu n'avais pas épargné tous tes petits billets un par un, comme une garantie de paix fraternelle pour l'avenir. Nous avons quitté le cimetière chacun pour soi. Et au chagrin de te laisser sous un tas de terre s'est ajouté le tourment de nous voir ainsi déchirés, écartelés, humiliés, les yeux rivés derrière et le corps projeté en avant, sous l'injonction formelle de quitter cet endroit avant que la nuit tombe et de n'y revenir que quelques jours plus tard sous peine de retenir ton âme auprès de nous. Quelque chose cependant me réchauffe le cœur : deux petits pas dans une immense pièce, deux petits pas qui nous empêchaient de voir ton visage. Deux petits pas qui ont été franchis par ta petite-fille et contre lesquels tous les religieux du monde n'ont rien pu faire. Comme je suis fière de ces pas, de cette petite, aussi fière que certainement le furent les astronautes qui, les premiers, foulèrent la lune de leurs pieds. Ah, la trêve ne fut pas longue, mais elle nous a permis d'entrevoir ton visage caché sous ce voile blanc, qui ne ressemblait plus tout à fait au visage que nous avions l'habitude de contempler. Puis comment Fatiha, ma sœur aînée, a-t-elle pu faire pour en arriver là ? Déchaînée, exigeante, méprisante, te reniant toi à travers nous puisque nous fûmes ta chair, ta lutte, ta défaite et ta joie ? Comment a-t-elle pu nous chasser ainsi, faisant de nous des monstres qui de leur seul regard auraient pu anéantir une vie entière de soumission ? Te fait-elle si peu confiance à toi la sage, la résignée qui répugnait même à répliquer lorsque tu avais été offensée ? S'il est vrai que Dieu voit tout, alors il aura bien vu que tu gisais, morte, et que tous les actes perpétrés autour de toi ne t'appartenaient plus. Qu'ils n'étaient que le fait de vivants égarés par la douleur, plongés dans une nuit obscure dont ils n'imaginaient pas l'existence quelques jours auparavant.

J'ai refait ce rêve cette nuit, ce rêve à travers lequel je vole et m'élève au-dessus du monde et des gens qui l'habitent. Et s'il est vrai que le jour chasse le crépuscule, s'étend sur la ville et inonde toutes choses de sa lumière, alors il est vrai aussi que mon cœur reste obscur, noir, endeuillé.

J'ai compté : trois dans la poubelle, cinq sur la table, deux par terre près du canapé plus une dans ma main qui commence à me faire tituber. À partir de combien de bouteilles peut on sombrer dans l'inconscience ? Mon début de rébellion doit m'être dicté par l'alcool, mais que la Mère me dise : que nous a-t-elle fait pour que nous en arrivions là ? Quelle potion a-t-elle mise, quelle drogue nous a-t-elle fait avaler pour nous aliéner à elle de cette façon, pour toujours et maintenant pour jamais ? Soit, elle est morte, mais qui n'a pas perdu sa mère un jour, qui ne la perdra pas ? Pourquoi voguerions-nous tous plus haut que le reste de l'humanité avec notre détresse, notre chagrin ? J'en ai connu des gens qui avaient perdu leur mère. Mais jamais je n'ai décelé chez eux quelque chose de semblable. Ils avaient juste l'air très abattu, respectables de silence et de résignation. Leur peine ressemblait à quelque chose de gros mais de digne. Il faut dire que nous, nous sommes habitués à parler fort et mal, à trouver le mot choisi, acéré, celui qui blesse en vilaine salissure et à piquer les fesses s'il le faut. Oui, à piquer les fesses avec de vraies lames. J'aurais dû rassurer la Mère la nuit du « long couteau » enfoncé dans la poche du jean de Fatah, et lui dire que mon intention n'était pas de lui faire mal mais plutôt de lui faire peur. Car je le connais, il n'existe rien de plus peureux que celui-là. Qu'il ait craché sur la mère n'a étonné personne. Elle l'a trop gâté et longtemps nous nous sommes battus pour partager sa couche, lui et moi. Je sais bien que je serai le premier à aller la rejoindre et que l'on me mettra tout près d'elle, dans ce petit trou. Car je sais aussi que Salah a réservé la place, qu'il l'a payée en espèces sonnantes et trébuchantes. Il aurait voulu ne le dire à personne mais il est vantard et je n'ai jamais rien entendu de plus cynique et plus bavard que lui. Qu'il la paie donc, la place, et pour sûr, comme dit Nabil, c'est moi qui m'y allongerai le premier. Toutes ces mignonnes petites bouteilles vont m'y aider. J'ai même pris l'une d'elles que j'ai emplie d'eau et dans laquelle j'ai planté une énorme rose rouge. Je l'ai déposée sur la tombe, juste pour faire un bras d'honneur à la furie qui tous les jours inspecte, nettoie, écrase, fracasse. Après tout, si Dieu a tout créé sur terre, alors pourquoi n'admet-elle pas que cela aussi a été créé par Lui ? Je le lui ai demandé et elle m'a répondu en hurlant que l'alcool n'est autorisé qu'au paradis, qu'il détourne sur Terre les croyants de la religion. Elle a bien raison ! C'est sous l'effet de l'alcool que j'ai commis les pires bêtises. Mais c'est aussi sous l'effet de l'alcool que j'ai ressenti la plus pure des passions : l'élévation de mon âme, penchée sur l'humanité avec un regard compatissant et plein d'amour. Il m'a semblé pouvoir pénétrer dans le cœur d'Orane sous l'effet de l'alcool. Et le jardin de Zara tout là-bas dans les collines, s'est vu paré de plantes et fleurs improbables dont je semais les graines de façon anarchique et désordonnée. Même Aïda dont je reste toujours à quelques pas quand je suis sobre a trouvé grâce à mes yeux quand plein de sanglots, je me suis enfoncé dans ses bras. Que me reste-t-il ici bas que ce doux nectar couleur de miel et goût de miel, qui coule dans mes veines et diffuse sa chaleur doucement, et qui me rend imperméable à la solitude, au temps. Alors qu'eux tous autant qu'ils sont ne me renvoient qu'au néant. J'ai bien essayé aussi de tendre mes mains, paumes ouvertes vers le ciel, lors de la prière ultime dite par les imams. Mais elles tremblaient et j'ai dû les renfoncer dans les poches de mon pantalon, consterné, honteux.

« Le lion » disait-elle. Je ne suis plus un lion, car l'orgueil depuis très longtemps m'a quitté et toutes les folies qu'il m'a fait faire n'en finissent pas de m'étonner, quand parfois je me retourne sur le passé. Point de lion aujourd'hui et mes griffes, aussi acérées qu'elles aient pu l'être ne piqueront plus les fesses de personne, jamais. Je finirai ma vie seul et célébrerai cette solitude dans un feu d'artifice, une orgie gargantuesque qui me feront éclater le foie mille fois. La Mère dort tout là-bas ; que de fois l'œil brillant elle a guetté mon retour, debout à sa fenêtre, exténuée, et ne s'est endormie qu'à l'aube qui lui renvoyait enfin l'écho de mon pas. Rassure-toi la Mère, et guette encore une fois, la dernière. Guette l'écho de mes pas là-bas, couchée sous la terre. Tu le reconnaîtras, désordonné, lourd mais si léger car un par un tous les jours qui passent me plongent dans l'ivresse et me rapprochent de toi.

SALAH

Qui étaient tous ces gens au cimetière ? Nous devions être une centaine au moins. J'ai même reconnu le maire, sans doute venu inaugurer son nouvel édifice. Comme nous étions pitoyables ! Orane n'arrivait pas à marcher et était soutenue par Aïda d'un côté, la petite Bécassine de l'autre. Elles avaient toutes un foulard sur la tête, blanc, l'érudit ayant posé ses conditions : foulard ou zou !, interdites d'enterrement. Il a même voulu sceller le cercueil lui-même. L'agent funéraire était éberlué. Il ne nous oubliera pas de sitôt, ça j'en suis persuadé. Jamais je n'avais vu d'imams auparavant et je peux dire qu'ils ne ressemblent à rien, ou plutôt si, à tout le monde. Comment aurais-je voulu qu'ils soient ? Je ne savais pas que dans la religion musulmane il n'y a pas de costumes et que même à un enterrement on peut aller habillé comme on l'est tous les jours. Le noir n'est de rigueur que chez les chrétiens. Je suis allé ce matin à la mairie et ai réservé les deux places aux côtés de la Mère sans rien leur dire. Je suis le plus âgé, c'est moi qui irai la rejoindre le premier. Je me sens fatigué et mes cheveux ont encore blanchi. C'est étrange mais je n'en veux à personne de tout cela, ma douleur est plus sage que la leur. Il faut dire que j'ai profité de la Mère plus longtemps qu'eux. Je plains la petite qui n'a pas eu l'air sotte du tout pendant les événements, essayant d'expliquer que la terre entière était celle du bon Dieu, qu'être enterré ici ou là est un souci de vivant ; que la Mère, même si elle était pratiquante, tolérait tout et tous. Ils ne l'ont pas écoutée, trop emplis de leurs querelles. On aurait pu croire que c'était elle la plus âgée. Je ne l'appellerai plus jamais Bécassine. Elle est tout de même bien gentille, plus gentille que la plupart de ses oncles et tantes. Sur une balance, son intelligence pèserait à elle seule plus lourd que toute la leur rassemblée. J'ai remarqué l'absence de Fatah quelques heures plus tard alors que nous nous séparions, et j'ai demandé à Orane :

— Où est Fatah ?

Elle m'a répondu froidement :

— Je ne sais pas, je jure que je ne l'ai pas tué.

Elle fait de l'esprit, même en ces circonstances. Toujours aussi cynique, lointaine. Mais ses yeux étaient à demi fermés comme pour cacher quelque chose. Des filtres, toujours des filtres. Elle devrait aller consulter un psychanalyste qui la redresserait comme on redresse une plante tordue. Et l'érudit d'interdire les pleurs puis les fleurs sur la tombe, soutenu par sa nigaude moitié qui nous aurait presque frappés pour protéger la dépouille de sa mère. Mais que m'importent les fleurs ? Moi, c'est des cacahuètes que j'aimerais amener à la Mère, de belles grosses cacahuètes que nous grignoterions ensemble tous les deux, autour d'un bon thé. Puis il y a bien des moyens de contourner cette interdiction : pourquoi ne pas arriver avec des fleurs, les poser sur la tombe le temps de dire bonjour, puis de les ramener avec soi ? Ce serait des fleurs qui auraient dit bonjour à la Mère, voilà tout.

Tout est terminé, mais mon petit doigt me dit que tout ne fait que commencer. Ça, un enterrement ? Une mascarade !

On achève bien les chevaux et parfois, paraît-il, il neige en avril…

La guerre des fleurs fut fratricide, longue, amère, passionnée. Un vent de folie s'empara d'eux, enfla, les jeta les uns contres les autres, furieux, et atteignit une violence telle qu'ils furent sur le point de s'entre-tuer. Ils en seraient sortis brisés, anéantis, matés enfin si un événement n'était venu malgré eux y mettre fin : le dôme fut érigé, éclatant de blancheur et surplombant tout aux alentours. Il aurait fallu un œil expert pour y déceler une erreur commise par le tailleur de pierre tant il était imposant, par sa taille et par son poids. Eux n'y virent qu'un don de la providence, un monument digne de celle qui gisait juste au dessous. Orné d'une étoile, d'un croissant puis d'un nom et d'une date de naissance dessinés à l'encre dorée, il était posé sur la terre à laquelle on avait laissé le temps de se refermer, de se raffermir. Il rayonnait sous le soleil de janvier, nu, accrochait la lumière et l'éclat qu'il renvoyait mettait du baume sur leur douleur, tannait leurs cœurs endurcis. Jamais ils n'avaient rien vu de plus beau et cette beauté, c'était à la Mère elle-

même qu'ils la devaient. Le dôme reflétait parfaitement sa personnalité. Il la leur rappelait mieux que n'avaient su le faire tous les souvenirs, toutes les photographies. Il s'élançait vers le ciel, prodigieux de grâce et de clarté. N'était-ce pas elle qui tendait là son corps vers eux, immaculé, miraculeusement matérialisé, colosse sur lequel ils pourraient s'appuyer jusqu'à la fin des temps ? Ses contours arrondis appelaient à la paix, à la sérénité. Comme si la Mère une dernière fois leur faisait un petit clin d'œil, leur demandait de se taire et de respecter son sommeil. Il illuminait la nuit, scintillait sous la clarté des étoiles et semblait prolonger la voûte céleste, désormais porteuse de deux croissants, l'un réel et beaucoup plus gros, l'autre peint par une main inconnue. Et l'étoile elle-même brillait de mille feux parmi toutes ses semblables disséminées dans les cieux. Des petits cailloux blancs étaient posés au centre d'un rectangle, blanc lui aussi et qui courait autour de ce qui avait été autrefois une motte de terre piquée d'un bâton. Les cailloux n'empêcheraient en rien l'ascension de l'âme, au contraire de ces vilaines stèles de marbre gris qui renvoient à l'obscurité et retiennent le défunt sous terre pour l'éternité. Il n'était plus besoin de fleurs, plus besoin de rien. Le dôme se suffisait, magnifique, absorbant le soleil et luisant de mille petits éclats incrustés dans la pierre. Ils y venaient souvent, le nettoyaient, munis d'arrosoirs récupérés près d'une petite fontaine, quelques allées plus loin.

Un après-midi, ils s'étaient tous retrouvés autour du dôme, par hasard. Ils s'étaient tout d'abord regardés, gênés, puis avaient détourné les yeux. Au fil des minutes, le baume faisant effet, ils s'étaient rapprochés ; avaient échangé quelques mots, s'étaient posé quelques questions. Ils restaient là, gauches et maladroits, aucun n'esquissant le geste du départ. Enfin, après de longues heures ils avaient uni leurs mains en pleurant, se faisant le serment, juste au chevet de la Mère, de ne pas se perdre de vue, de continuer à se voir, de donner des nouvelles au moins une fois tous les trois mois. Ils se pétrissaient les doigts en bégayant des paroles incompréhensibles, reniflaient, s'essuyaient le nez du revers de la paume puis retournaient rejoindre le tas de mains qui, prolongé de leurs poignets, ressemblait à une fleur improbable ornée de seize longs pétales. Ils étaient repartis lentement, pleins de hoquets encore, chacun de leur côté. Ils avaient roulé quelques temps côte à côte, à la même allure, se caressant presque du regard puis depuis les fenêtres ouvertes des véhicules, s'étaient fait un dernier signe de la main, longtemps. L'aînée avait même posé la sienne, qui frémissait encore sous l'empreinte de leurs doigts, sur son cœur puis l'avait portée à sa bouche d'où avaient jailli quelques mots qu'aucun d'eux ne saisit. La petite avait continué, bien après que les routes se soient désunies, d'agiter le bras vers eux et vers le ciel d'où la Mère les regardait, apaisée, tranquille enfin.

NABIL

Quelque chose me dit que j'ai changé. Ou du moins, que tout a changé autour de moi. Je me regarde dans la glace au sortir de la douche le matin et je vois un inconnu, aux yeux inconnus, au corps inconnu. Puis je m'habille et vais dire bonjour à des inconnus, de passage pour la plupart, juste en quête d'un café et de croissants. Il semble que ma vie soit devenue une équation à un inconnu que je dois tenter de découvrir, envers et contre tout. Elle aussi a changé. Elle me cherche, m'abreuve de petits mots gentils, essaie de me séduire, peut-être émoustillée par ma froideur. Il est tant de choses que j'aurais dû comprendre plus tôt. Mais le temps des uns n'est pas le temps des autres. Ça je le sais, maintenant. Avoir lutté si longtemps, avoir usé de mille stratagèmes et me rendre compte aujourd'hui que tout était vain. Elle me dit que je l'ignore. Pourquoi ces mots ne sont-ils pas venus avant ? Ils tombent à présent sur une terre aride, desséchée, sans espoir de refloraison, jamais. Comme un désert, pour sûr, où les fleurs n'ont jamais eu l'occasion de pousser, de boire, d'exister. Je ne suis pas malheureux. Juste inerte, comme indifférent. Est-ce la mort de la Mère qui a provoqué tout cela ? Je ne crois pas. Je pense que tout était écrit dès le début, que le destin trace un sillon irrévocable. Mais je ne pensais pas que la fin arriverait si vite. Tout n'est qu'une question de croisées de chemins ; mon chemin s'est séparé de celui des autres, de tous les autres, irréversiblement. Mon cœur est fêlé. J'essaierai pourtant d'honorer la promesse que j'ai faite sur la tombe de la Mère, et de donner des nouvelles de temps en temps. Un autre que moi parlera à ce moment-là, un autre moi-même que j'ai connu il y a quelques années. Un homme bien sympathique, honnête et travailleur, quoi qu'on ait pu en dire. J'ai changé de voiture. Et dorénavant je peux être en une heure là où la Mère est enterrée, là où seulement, je peux trouver la paix. Je connais le chemin par cœur et pourrais le faire les yeux fermés. Jadis, au bout de ce chemin je trouvais un repas chaud qui m'attendait. Et malgré ma fonction de cuisinier, ce repas me semblait le meilleur du monde. Toujours le même, tous les dimanches et je sais que la petite, qui attendait de l'autre côté de la porte a souvent été déçue, car mon appétit était féroce, presque autant que mes mots. Mais je donnais toujours une pièce à la gamine avant de repartir ; il me semble en tout cas.

— Tu as noyé l'eau… disais-je avec mépris à ma femme qui suait sous le poids de la marmite qu'elle venait de faire bouillir – nous n'avions pas l'eau chaude alors – et qu'elle déversait dans l'évier sur de l'eau froide pour faire la vaisselle. La vaisselle, ce n'était pas peu. Des dizaines de repas servis tous les jours, comptant pour chacun d'eux au moins trois assiettes et trois couverts. Comme elle peinait ! Et ses jambes se couvraient d'affreuses varices qui couraient le long de ses mollets, y dessinaient une carte étrange, puis remontaient jusqu'à ses cuisses et se rejoignaient en gros caillots bleus qui marquaient la fin du parcours et semblaient révéler le trésor. Elle ne parlait plus beaucoup à la fin, fatiguée de faire la conversation à des inconnus qu'il pleuve, qu'il vente, qu'il neige.

La Mère ne vient plus me hanter, la nuit. Seuls les visages de mes frères et sœurs s'imposent à moi comme ils ne l'avaient jamais fait auparavant. Je nous revois, unissant nos mains dans un cimetière, pleurant comme des enfants punis. Privés de mère, privés de dessert. Je vois bien que toute chose a sa raison. Et s'il est vrai que, en creusant profondément et longtemps sous les pavés il y a la plage, que sous le sable gisent ceux qui un jour furent vivants, alors pour sûr il devrait être exact aussi que sous la haine, là tout au fond, toujours il y aura l'amour.

Fatiha

Il y a longtemps que je n'ai pas mis le pied dehors. Depuis le jour où nous nous sommes tous retrouvés autour de la Mère. Je ne pensais pas du tout lui rendre visite ce jour-là mais un besoin impérieux m'a prise, m'a tirée puis poussée jusqu'au cimetière. Le hasard fait bien les choses. Mais je reste persuadée malgré tout que c'est elle qui a guidé mes pas, m'a fait venir jusqu'à elle où j'ai pu retrouver tous les autres au grand complet. Cela m'a réchauffé le cœur de voir la petite se précipiter sur moi, m'embrasser, me caresser le visage. Il faut dire que je ressemble de plus en plus à la Mère. Le miroir me le dit chaque matin. Je n'ai pas reconnu les voitures sur le parking, sinon je pense que j'aurais pris mes jambes à mon cou et aurais fait demi-tour. Les choses sont vraiment bien faites, parfois. Car j'ai alors pu leur arracher, à tous, le serment de nous voir encore, ne serait-ce qu'une fois tous les trois mois. Oh, s'il ne s'était agi que de moi, tout ça m'aurait été bien égal. Mais c'est pour la Mère que je l'ai fait. Elle a dû être bien contente depuis le ciel de nous voir ainsi, les mains jointes et le cœur en communion. Soit, ce sont des mains impies, mais ce sont avant tout les doigts des enfants de la Mère que j'ai serrés si fort. C'était un peu d'elle que je retrouvais à travers eux ; et ils m'ont tous fait tant de peine. Surtout Saïd : le teint olivâtre, les joues creusées, le regard opaque. J'ai bien peur qu'il ne passe pas l'année. J'ai entendu l'un deux dire que plus jamais il ne dessaoulait. Que peut-il bien trouver de si bon dans l'alcool ? Mon mari dit que c'est trop tard. Que le vin délivre c'est vrai, puis enchaîne plus sûrement qu'un gros boulet ; que c'est un boulet très affectueux, mais peu reconnaissant. Et qu'on ne pourra jamais le repêcher, que la seule chose qui reste à faire est de prier pour lui et surtout d'éviter qu'il nous contamine, qu'il nous salisse à notre tour. La petite aussi m'a fendu le cœur. Quand je lui ai annoncé qu'il allait falloir se séparer des affaires de la Mère et les donner à une association musulmane, j'ai vu son visage se friper comme un mouchoir et ses petits yeux s'allumer de colère. Je lui ai dit qu'ainsi, même à travers la mort, sa mamie continuerait de faire du bien, qu'elle réchaufferait de ses vêtements des gens qui n'ont pas de quoi se vêtir. J'ai argumenté, encore et encore, mais elle s'est figée dans le silence et a regretté les caresses qu'elle venait de me faire.

— Vilaine petite gourmande. On ne peut pas tout garder, madame Findus… ai-je ajouté, essayant de la faire sourire. Je n'ai plus rien dit alors car je l'ai sentie se refermer, se durcir, jusqu'à presque se confondre avec les petits cailloux qui brillaient sous le soleil. C'est elle qui lavait le linge de la Mère, l'essorait, le tendait sur un fil qu'elle avait accroché au balcon. Et c'était bien étrange alors car les robes, toutes au motif fleuri, semblaient prolonger les jardinières qui débordaient de pétunias, de géraniums, de primevères. Mais ce n'est qu'une enfant et ce n'est pas à elle de décider ce qui doit être fait. Les vêtements seront donnés, l'appartement rendu. Il faudra qu'elle déménage, une petite fille ne peut pas habiter seule. Sa mère a logé avec elle jusqu'à maintenant mais j'ai entendu dire qu'elle n'avait pas du tout l'intention de rester ici. Où veut-elle donc encore aller? La revoilà le visage allumé, parlant de destinations lointaines, de soleil, de plages, de moussons. Il faut qu'elle prenne l'air avant que l'air ne la prenne, j'ai l'impression. C'est notre petite folle à nous, qui toujours a semblé fuir je ne sais qui ou je ne sais quoi, jusque la réalité parfois; inventant de gros mensonges et affirmant qu'ils n'en étaient pas, juste la vérité à concrétiser. Qu'elle assume aujourd'hui, mensonge ou pas mensonge. Qu'elle s'occupe de sa fille qui n'est encore qu'une enfant innocente et qui ne va pas le rester longtemps, car c'est bien de la dureté que j'ai lue sur son visage ce jour-là. Quelque chose m'a soulagée, aussi; le poids d'une enclume n'était rien à côté de l'inquiétude qui me ravageait le cœur. Et cette inquiétude s'est envolée quand j'ai remarqué qu'aux pieds de la Mère il n'y avait plus de fleurs du tout. Ainsi ma lutte n'aura pas été vaine. Je n'ai rien contre les fleurs, je les aime, tout comme n'importe qui. Mais la Mère a été enterrée selon le rite musulman et je ne laisserai personne venir gâcher les efforts que tous nous avons dû faire. Il suffisait juste de quelques mois pour les faire revenir à la raison. Je regrette une seule chose, toutefois. Quand nous nous sommes quittés, que nos voitures se sont séparées et ont changé de route, je leur ai murmuré, du bout des lèvres, quelques mots qu'aucun d'eux n'a compris. Peu importe qu'ils n'aient pas saisi ce que leur ai dit. Moi, je le sais bien. Cela me donne la sérénité, m'apaise autant que ce dôme magnifique, nu, rond, qui s'élance vers le ciel et semble l'honorer. Je suis tranquille enfin. Devant Dieu, avec moi-même, avec eux ensuite, auxquels j'ai comme il le fallait, du fond de mon cœur et pour tous les actes passés, présents ou à venir, accordé puis demandé le pardon.

Fatah

Je les ai vus faire. Hier encore et tant de fois. Ils galopent, galopent comme vers quelqu'un, puis enfin sautent d'un seul trait, d'une seule foulée l'obstacle qui les sépare de l'arrivée. Et maintenant je sais faire, moi aussi. Je cours vers toi, la Mère, je contourne tous les obstacles quels qu'ils soient. Je viens à toi la nuit. Et le petit mur ridicule, là, qui me tenait loin il y a quelques jours encore, je l'escalade d'un bond tel un cheval qui vole. Les obstacles humains ne me font plus peur, jamais : ils ont dû s'accoutumer à ce gentil fou qui reste là des heures, assis sur une grosse pierre blanche, qui sourit à la lune, qui caresse ton étoile, qui parle tout doucement comme on murmure à l'oreille des chevaux et s'en retourne au petit matin, apaisé. Tu les as aimés, toi aussi, tu les as chevauchés et, petit garçon, je te regardais avec des yeux énormes, éperdus d'admiration quand tu disais d'un air triste et enchanté à la fois :

— J'allais plus vite qu'un oiseau sur mon cheval…

Alors je m'endormais et rêvais d'une étrange créature ailée que rien ne pouvait arrêter, jamais. Je rêvais d'un cheval qui volait, majestueux, qui s'élançait vers le ciel, embrassait le soleil, faisait mille cabrioles puis se laissait porter au gré du vent avant de redescendre sur terre t'y déposer. Et le matin me retrouvait heureux mais vide de ce merveilleux qui m'avait si bien empli le cœur pour quelques heures.

J'ai joué au tiercé la semaine dernière. J'ai parié sur les chiffres de ta date de naissance et les chevaux sont arrivés gagnants. C'est une petite fortune que j'ai pu toucher et je t'aurais offert des brassées de fleurs si j'avais pu. Mais à quoi bon ? Le dôme te suffit aujourd'hui. Je ne sais pas qui l'a choisi et je pense, bizarrement, qu'y déposer des fleurs le dénaturerait. Cette grosse pierre est chère à mon cœur car je déverse sur elle tous mes secrets, mes espoirs, mes chagrins en espérant que puisque tu gis au dessous, tu peux m'entendre toi aussi. Je suis bien content, mais tu as dû le voir, de là où tu es : j'ai une nouvelle voiture, une dix-huit chevaux. Ils m'ont tous regardé d'un air surpris, sur le parking, quand je me suis dirigé vers elle. Ils ont pensé que je me trompais de véhicule. J'ai vu l'envie dans le regard des garçons, des glaçons dans les yeux d'Orane, de l'admiration dans ceux de Zara et Fatiha a vite détourné les siens comme si elle avait peur de se brûler au fruit du péché. Le jeu est interdit chez les musulmans, je sais. Quand j'ai demandé à Orane comment ils allaient, tous, elle m'a répondu :

— Ils vont bien, comme des gens pâles…

Je n'ai pas très bien compris ce qu'elle a voulu dire, l'énigme reste entière. Ma voiture va très vite, bien plus vite que celle de Nabil qui pourtant est toute neuve. Mais je ne m'en sers pas beaucoup. Les jupons ne me font plus faire des centaines de kilomètres comme avant et le PM est juste en bas de chez moi. J'aurais voulu que tu montes dans ma voiture. Tu aurais pu détendre tes jambes douloureuses et même alors tu n'aurais pas touché le fond depuis ton siège. Mais tu n'as besoin d'aucun véhicule aujourd'hui car évidemment, tu as toi même de jolies petites ailes qui te portent au gré du vent ; tu planes et tu ris dans le ciel en dépassant un oiseau, peut-être aux côtés d'un cheval ailé avec lequel tu fais la course et que, par malice tu laisses gagner. Voilà, la guerre des fleurs est terminée. Scellée d'un pacte souscrit par seize mains mélangées, seize mains que tu as engendrées, soignées, baisées.

Je te dis à demain, la Mère, car encore une fois comme tous les jours, je viendrai te voir et te parler dès que la nuit sera tombée ; que toutes les étoiles, attentives, scintilleront au rythme de la tienne et que la lune toute ronde là-haut commencera de lécher le croissant doré, sous lequel tes jours dorment pour l'éternité.

Zara

Dans quelques jours ce sera le printemps. Et les bourgeons minuscules vont s'épanouir en mille petites feuilles de couleurs pastel, tendres à croquer. La rivière tout à côté va désenfler peu à peu et le gros gargouillis qui montait de ses eaux va se transformer en douce chanson qui bercera la nuit. La vallée tout doucement quittera l'hiver et se parera de mille branches qui tendront leur têtes vers le soleil. J'ai vu des biches hier soir ; s'arrêter, humer, mâcher quelque morceau délicat puis se diriger vers le ruisseau. Un petit faon suivait, fragile, maladroit. Mon regard s'est éteint à la pensée qu'il pourrait être tué par des chasseurs. Puis je me suis dit, amère, qu'aussi bien c'est peut-être moi qui l'écraserai avec ma voiture demain. J'aime de plus en plus la nature et les animaux, de moins en moins les humains, tous les humains. Je n'aime pas plus mes frères et sœurs. S'il ne tenait qu'à moi, le pacte que nous avons souscrit ne serait pas respecté. Leurs larmes ont coulé alors tandis que mes yeux restaient secs et mon cœur glacé. Quand je pense à l'adolescente que j'étais, violente, passionnée, qui versait des larmes aussi facilement qu'un tavernier, capable d'abandonner un chat en plein hiver sous le coup de la colère… Mais j'étais « Hulk » alors, mes emportements étaient terribles et ce petit chat indomptable. Je me suis installée définitivement dans la maison de la colline. J'y ai fait transporter toutes mes affaires, tous mes animaux. Je pense que ma décision a été la bonne. Mes rêves sont moins tumultueux. Quand je passais devant chez la Mère jadis, je pouvais apercevoir son petit balcon aux rideaux roses illuminé d'un halo radieux et je rentrais tranquille, soulagée de la savoir à l'abri et au chaud. Puis les lumières se sont éteintes et cela m'était devenu un crève-cœur de voir l'appartement aux fenêtres noires, glacées, que personne n'ouvrait plus jamais. Avant de partir j'ai récupéré tous les pots fracassés, abandonnés près du dôme tout là-bas. Et j'ai replanté les racines, délicatement. Dans quelques semaines les fleurs vont repousser, fortes des soins que je leur prodigue tous les jours. C'est la Mère qui refleurira ainsi, année après année. Et c'est un peu d'elle que j'enfanterai, remontant le temps, elle devenue embryon, moi génitrice. J'ai aussi pris, sans que personne ne se rende compte de rien, le bâton qui portait son nom et l'ai planté devant les massifs. Ainsi mes fleurs porteront ce nom et, butinées par les abeilles, propageront leurs graines à travers toute la vallée. Et quand au bord d'une route ou d'un ruisseau, je me pencherai pour humer une pousse fraîche, je me dirai que cette fleur qui me caresse le visage et m'emplit de son parfum, c'est une fleur qui s'est nourrie du corps de la Mère et qui vient assurer sa pérennité. Une main inconnue coupera peut-être la fleur avec amour, l'emportera, la mettra dans un vase, sur le rebord d'une fenêtre. Et moi passant par là, je croiserai alors sans le savoir une fleur qui me sourira, parce que tout comme moi, elle aussi aura connu la Mère.

AÏDA

Voilà. Le jour que je redoutais tant est arrivé. Que dire à la petite ? Lui expliquer. Lui faire comprendre qu'elle doit quitter le petit appartement dans lequel elle a vécu si longtemps. Lui dire qu'elle va devoir venir vivre avec moi et avec mon compagnon qu'elle déteste tant. Lui dire que toutes les affaires de la Mère devront partir, elles aussi. Qu'elle ne pourra garder que quelques toutes petites choses, disséminées ça et là par chacune d'elles au fil des années. Il m'est si difficile d'affronter son regard aux yeux tristes, nus, comme déshabités, petites pierres parmi les pierres qu'elle ramène tous les jours du cimetière. Déjà elle s'accroche aux choses de la Mère, à ses peintures, ses bibelots, ses robes, ses chaussons. Et la guerre recommence. Car Fatiha joue son rôle de cerbère jusqu'à la fin ; marchande, négocie, argumente. Et la petite ne sait que lui répondre. Elle est rentrée hier après-midi, lasse, toujours à la recherche de son chat. Je n'ai pas osé lui dire que l'animal est allongé raide et noir comme un bâton de réglisse dans le caniveau, quelques rues après la nôtre. C'est étrange qu'elle ne l'ait pas vu, si près, au cœur même de cet endroit dans lequel elle a joué longtemps, insouciante, couvée par le regard de la Mère qui de temps en temps penchait sa tête à la fenêtre pour s'assurer que sa petite était toujours là. Comment parler à une enfant de cet âge, à mon enfant ? J'aimerais l'emporter loin, ailleurs, la prendre dans mes bras, lui dire qu'il est tant d'autres contrées à découvrir ; que le cœur, lui surtout, a besoin de respirer encore et encore, même s'il n'est que blessures, fatras, bouillie. L'avoir me rend forte. La voir m'anéantit. La nuit est si sombre parfois qu'elle m'entraîne dans son obscurité, son néant. Mais les petits yeux bleus me jugent, me jaugent, m'auscultent, me défient. Me voici face à ma responsabilité, à mon impuissance ; à cette autre moi-même, presque étrangère, si exigeante et pour laquelle je ne peux rien. Aura-t-elle autant de chagrin quand je serai partie, enfouie sous terre moi aussi, mes jours dormant auprès de ceux de la Mère comme quand dans son ventre elle me portait ? Je lui ai dit hier :

— Je t'aime. Du plus profond de mon cœur.

Et elle m'a répondu avec une voix aussi faible que le murmure d'un ruisseau en pleine canicule :

— Mon cœur à moi est comme la maison de mamie, là-bas au cimetière. C'est un trou plein de petits cailloux.

Je n'ai rien pu dire à cela car j'ai pensé que les petits cailloux jetés sur la Mère ne s'arrondiront que dans quelques décennies, s'ils s'arrondissent un jour. J'ai pensé à lui offrir un autre chat, mais cela serait si maladroit. Je sens bien que dans son esprit, la mort de ce chat est étroitement mêlée à la mort de la Mère et que c'est peut-être bien la raison pour laquelle elle ne l'a pas vu, tout à côté d'elle dans ce caniveau. Le cœur a ses raisons, paraît-il. La raison me le prouve à chaque instant de la journée. J'étais une enfant dans le regard de la Mère. Sa mort m'a fait vieillir en une seule fois. La petite a tant de peine. Devant les pleurs de mes frères et sœurs, juste au-dessus de nos mains mélangées je n'ai reconnu que mon chagrin, doutant encore de leur sincérité, de leur repentir et même à vrai dire, de l'authenticité de leurs larmes. Mais ils ne m'importent plus, aucun d'eux. Je sais que je ne respecterai pas le pacte, de toutes façons arraché une fois de plus par l'aînée et que le désir de les voir tous les trois mois ne me fera pas violence. Je les ai tous vus repartir vers leurs voitures comme à la fin d'une fête où chacun a bien dansé et nous laisser là, la petite et moi, apeurées, transies, glacées. Des voitures neuves, au moins pour la plupart des garçons. La vie apparemment continue pour eux. Alors que ma fille et moi arrivons à peine à contenir les morceaux du puzzle qu'est devenu notre cœur. La Mère disait :

— C'est ici que tu vois tes frères. À ma mort vous vous disperserez, j'en ai peur.

Le temps me prouve aujourd'hui combien elle avait raison. Il me rappelle aussi que sous son regard tendre pouvait se cacher une lucidité implacable, parfois même quelques onces d'intolérance ou d'incompréhension. Car elle a souffert et fait souffrir la petite le jour où celle-ci, amoureuse pour la première fois lui a confié que son premier émoi était Sénégalais.

— Noir ? a-t-elle demandé, incrédule, presque horrifiée. Toi qui es blanche comme l'aube du bon Dieu, toi dont les yeux sont d'un bleu si pur, pareil à celui du ciel…

La petite a fondu en larmes, déçue. Argumentant en fin de parcours qu'on ne choisit pas sa couleur et que le bon Dieu lui même et en personne nous la donne. La Mère a conclu alors :

— Je sais, je sais, ce n'est pas sa faute s'il est noir. Mais…

Mais plus jamais après cela elle n'a voulu entendre parler de ce garçon et cet amour fragile, délicat a alors avorté, aussi sûrement qu'une larve abandonnée en plein soleil, desséchée. La première faute commise par la grand-mère, le premier vrai chagrin vécu par la petite-fille. Et moi qui jamais ne suis intervenue. Moi qui aime l'Afrique, moi qui emmènerai ma fille vivre à Zanzibar, loin d'ici, loin d'eux, loin de ce petit chat noir et mort dans le caniveau.

La petite embrassait encore le dôme alors que nos seize mains désunies rapidement retournaient à leurs poches, que nos vies solitaires décroisaient leurs chemins et que notre émotion déjà s'en allait rejoindre ce qui un jour aura été.

Tu viendras nous voir, la Mère, à Zanzibar même si les gens y sont noirs, je le sais. Tu viendras nous voir tout simplement car là où tu es, tu as dû entendre la faible voix de ta petite fille, projetant ses petits yeux d'un bleu si pur vers le ciel et sa peau blanche comme l'aube du bon Dieu du côté de La Mecque, te souffler deux petits mots d'enfant qui, même s'ils n'étaient prononcés qu'à mi-voix ont dû courir vers toi, t'interpeller plus impérativement que n'importe quelles paroles de muezzin, d'imam ou de faux prophète. Des mots prisonniers dans la pierre, gravés dans la mémoire comme tu l'es toi-même pour la fin des temps. Deux petits mots chétifs, et si maladroits :

- En'voir, mamie…

Salah

Tout doucement la nuit est tombée, et le froid s'est installé. Le soleil qui tout à l'heure brillait s'est fait distant. J'ai remonté le col de mon manteau et rien n'y a fait. Seul le contact de nos mains m'a dégelé un peu. Et les larmes, brûlantes, ont réchauffé le bout de mes doigts. Je n'ai rien osé dire alors, ému mais conscient que les serments n'existent que pour être brisés, comme les lois pour être contournées. Toutefois une question me taraude, à laquelle jamais je ne trouverai de réponse. J'ai beau essayer de revivre la scène en long, en large et en travers, je n'arrive pas à me rappeler lequel d'entre nous a tendu sa main le premier, suivi par tous les autres. Ça a été un moment d'une grande émotion, qui a pu s'exprimer collectivement, enfin. Nous sommes ressortis du cimetière vidés, sereins. L'initiative était bonne et a certainement permis d'extérioriser un chagrin vécu par chacun de nous individuellement. La Mère, si tant est qu'elle puisse entendre ou voir quelque chose, a dû être ravie de voir une fois au moins sa progéniture unie, doigts mêlés, au-dessus du lit de terre dans lequel elle est couchée. Mais quand nous avons rejoint nos voitures, chacun pour soi, nos regards ont recommencé à se jauger. Pour sûr, comme dirait Nabil, les rivalités se sont réveillées ; et c'est surpris qu'ils m'ont regardé grimper dans la mienne, rutilante sous la lune. C'est vrai, c'est une voiture d'occasion. Et il est vrai aussi que c'est « le fou de la vie » qui me l'a vendue. Je n'ai pas dû négocier longtemps, il était tout sourire et gentillesse. Lui l'avare, qui te laisserait mourir de faim la bouche ouverte alors que ses poches sont bien emplies. J'ai même récupéré avec stupeur la petite infirmière blonde qui nous a assistés depuis le début. Soit, le fou et elle se sont embrassés. Mais chacun a gardé ses lèvres, après tout. Nous faisons de longues promenades tous les deux, bien au chaud. Je n'avais jamais eu de voiture aussi confortable et je commence à mieux comprendre la convoitise dans le regard des passants. Aïda, la petite crâneuse, m'a paru étrange, comme endormie. Mais les autres m'ont affirmé qu'elle ne se droguait pas. Quelque chose en tout cas la minait et la petite Bécassine m'a fait pitié. Elle qui était comme une excroissance de la Mère, la voilà aujourd'hui amputée. Non pas d'un doigt, d'un bras ou même d'une jambe mais de la partie la plus importante d'elle-même, celle qui coordonnait le tout. C'est triste de voir un si petit corps alourdi par tant de chagrin. Sa mère semblait dépassée et m'a regardé d'un air méprisant quand je lui ai expliqué qu'il existait des internats pour enfants et que même s'ils étaient loin, une visite hebdomadaire était possible. Je lui ai même proposé de l'emmener dans ma voiture et j'aurais tenu ma promesse si je n'avais rencontré ses yeux sombres et vu sa toute petite bouche tordue par la haine. Tant mieux! Si le pacte est rompu, ce ne sera pas de mon fait et c'est aussi bien. Fatiha pleurait plus que tous les autres et je l'ai même surprise, fugitivement, à se moucher le nez dans les pans de son foulard. Zara fixait les restes des pots fracassés, les couvait du regard. Saïd pleurait très fort aussi, mais on ne sait jamais si son chagrin est réel ou accentué par l'alcool son jumeau. Je n'ai jamais rien compris à ce garçon. C'est vrai que quinze ans nous séparent, mieux que ne l'auraient fait des siècles. Je sais qu'il ne travaille pas. Jamais je ne saurai de quoi il vit ni de quoi sa vie est faite. La Mère l'appelait « le poussin » avant de l'appeler « le lion ». Comment il fut promu au grade de lion, tout le monde le sait bien. Inutile d'en parler. On retrouve la barbarie tous les jours à la radio ou à la télévision avec son cortège de bombes, d'armes et de couteaux. Le dôme semblait disproportionné – du vrai travail d'Arabe. Mais tous en ont l'air satisfaits. Pourquoi aller cracher dans la soupe quand elle est si bien relevée ? Orane avait les yeux secs et son regard semblait se perdre loin là bas dans l'horizon. À quoi pouvait-elle bien penser ? Son téléphone a sonné et elle n'a pas répondu. Je me demande même si elle a entendu la sonnerie qui pourtant, a découpé le silence de mille petites notes légères, enjouées. Une musique qui n'allait pas du tout avec elle, d'ailleurs. Elle n'a esquissé aucun mouvement et a laissé l'appareil sonner jusqu'à la fin. Ma curiosité s'est éveillée et j'aurais payé cher pour savoir qui l'appelait ainsi. Cela signifie donc que quelque part quelqu'un se soucie d'elle au point de lui téléphoner. C'est étrange, quand je la compare à ma petite infirmière je me demande aussitôt s'il est possible d'aimer une femme pareille et si oui, alors à quoi peut bien ressembler la créature qui l'attend. Je suis sûr qu'elle finira sa vie seule, sèche comme une saucisse et exhalant le même parfum.

Voilà, la Mère nous a quittés. Par sa présence nous a réunis, puis par son départ nous a disjoints. La boucle est bouclée, le corps emballé, le soleil couché, la nuit tombée. Un jour prochain, nous nous retrouverons tous ici à nouveau, à pleurer sur l'un de nous. À pleurer plutôt sur nous tous qui, motivés par je ne sais quoi sommes passés les uns à côté des autres et avons fait de nos vies des sentiers déserts, épineux et touffus mangés par le chiendent. Au revoir frères et sœurs, à bientôt pour une autre grande occasion. Car je sais au fond de moi qu'aucun de vous ne croit à ce pacte, passé sous le coup de l'émotion. Et je sais aussi qu'aucun pacte, souscrit par nous, jamais ne sera honoré ni respecté. Mais nous serons reliés pour toujours par une chose merveilleuse qui a bouleversé nos vies, nous a enchaînés les uns aux autres puis nous a désenchaînés, nous laissant aujourd'hui et pour quelques années encore tristes, amers, orphelins.

— Arrête de boire comme ça ou tu vas te tuer, pour sûr… m'a dit Nabil en refermant la bouteille de whisky qu'il avait posée quelques minutes plus tôt et en la mettant hors de portée, juste derrière le comptoir. J'ai vu la bouteille me passer sous le nez et, furieux, je lui ai répondu :

— M'ouais… Comme toi tu as tué la Mère.

Son visage s'est alors décomposé. Il a serré les poings, a contracté ses mâchoires puis s'est tourné vers sa femme calmement et lui a dit :

— Baisse le store, il ne viendra plus personne à cette heure-ci.

Elle s'est exécutée et brusquement la nuit est tombée à l'intérieur de la salle abandonnée, encore emplie de verres et de fumée. Il n'a pas ressorti la bouteille pour autant. Il s'est approché de moi, a enfoncé son nez dans ma joue, profondément et a murmuré quelques mots en me mordant le lobe de l'oreille :

— Ne me parle plus jamais de la Mère.

Je me suis alors liquéfié sous l'effet de la honte et du repentir. Je suis sorti par la petite porte de derrière qui donne sur l'appentis où sont rangés les outils. Je suis monté dans ma voiture, ai démarré lentement puis me suis enfoncé dans la nuit. J'ai roulé des heures entières, sans boire, sans savoir où aller. J'ai alors pensé à la maison de la colline là-bas au loin, et, dégoûté, ai continué de rouler.

— La maison de la colline ? Mais les serpents habitent tous là-bas… avais-je dit un soir à la Mère. Jaloux qu'elle ne mette jamais les pieds chez moi, jaloux de ne pas y être invité, jaloux de « Hulk », de sa force, de sa puissance, de son magnétisme, de sa belle cheminée, de ses biches et de ses escargots. Escargots qu'elle allait dénicher jusque sous les pissenlits, chaussée de grosses bottes, munie de plusieurs seaux. Car les escargots eux aussi habitent tous là-bas. « Hulk » les faisait dégorger dans de l'eau salée et quand ils devenaient de petites boules noires, luisantes, débarrassées de leurs mucosités, elle les faisait cuire à grands bouillons. Elle les mélangeait avec du beurre, de l'ail et du persil et fourrait de cette pâte onctueuse de grosses coquilles qu'elle déposait dans le congélateur, presque religieusement. Alors elle servait ce plat à la Mère qui n'en finissait plus de louer Dieu qui avait crée les pissenlits, l'ail, le beurre, les escargots.

J'ai repensé à nos mains mêlées au dessus de la tombe et la rancœur m'a submergé :

— Vous voir ? ai-je pensé. Mais aucun de vous ne veut de moi. Parce que la Mère m'appelait « le poussin » puis ensuite « le lion ». Qu'y puis-je moi si de tous ses garçons j'étais le dernier ? Qu'y puis-je si, assoiffé de tendresse, j'ai voulu la garder toute pour moi ? Je n'ai pas de femme ni d'enfants et la Mère a rempli tous ces rôles à la fois. Car lors de mes visites, jamais le temps ne m'était compté, sauf par l'urgence de l'alcool. Personne ne m'a jamais attendu, ne m'attend moi le voleur, le menteur, le piqueur de fesses… Je ne suis pas beau, je ne suis pas médecin, je n'ai pas de maison à la campagne, je n'ai pas d'auberge ni de grosse voiture. Mais j'ai un cœur qui se dégonfle parfois comme peau de chagrin au souvenir d'un petit appartement rose, chaud, accueillant, piqué de petits tableaux, d'assiettes, de bibelots. Que m'avez-vous donné de la Mère, de ses plateaux, de sa vaisselle, de ses théières en argent ? Je me retrouve ici, seul au bord de ce chemin à vomir ma rage et mon désespoir, ma solitude, mon alcool enfin…

Je me suis alors dirigé sans y penser vers le cimetière. Une grosse pierre dépassait d'un petit mur gris, ridicule, que j'ai franchi d'un saut. Le dôme scintillait, m'appelait et je m'y serais étendu pour l'éternité si de loin je n'avais aperçu une silhouette comme penchée sur l'obscurité. Je me suis approché tout doucement et ai entendu une voix enjouée parler de créatures ailées, d'obstacles à surmonter. Je suis resté tapi dans le noir longtemps et j'ai ri avec la voix, j'ai frémi avec la voix, j'ai pleuré avec la voix. J'ai bien senti que la Mère écoutait elle aussi tant la nuit était profonde, comme recueillie. Cette voix familière, je l'entendrai toujours. Je sais qu'elle viendra me hanter et que les mots qui jaillissaient délicatement, me parleront des années encore. J'ai contemplé la lune, qui découpait le ciel comme une bouche pleine de trous. Je lui ai souri tendrement, puis suis reparti en jetant un dernier regard sur la silhouette maintenant presque endormie du « fou de la vie ».

Orane

Un enfant. Je porte en moi un enfant. J'observe la nuit depuis ma fenêtre là-haut sous les toits. Je regarde les étoiles, la lune. J'écoute aussi le cœur qui bat, là tout au fond de mon ventre, là où il y a quelques temps encore je n'entendais que le gargouillis de mes intestins. Un petit être est logé en moi, qui se nourrit de moi, qui ne connaît que moi, qui mourrait avec moi. Un petit être qui s'éveillera sous le soleil, cherchera mon regard, goûtera mon sein. Dont je guiderai les premiers pas, accueillerai le premier sourire. Un petit qui te ressemblera, la Mère, je le sais bien. Qui aura le regard sombre, velouté, la peau brune et les cheveux foncés. Qui m'aimera et qui ne sentira que ma chaleur, ma douceur, ma fragilité ; que j'accompagnerai dans la vie, forte mais tendre comme jamais.

J'ai entendu une voix ce soir, lointaine et très proche qui m'appelait. Je me suis précipitée à la fenêtre. J'ai regardé les étoiles, ai écouté le vent. À travers eux, la Mère, c'est encore toi que j'entends. Que j'entends gronder, parler, éclater de rire parfois. Je regarde cette photo, floue, prise sur le vif le jour de ton départ pour le pèlerinage à La Mecque. Tu y es bordée de blanc, tu ressembles à un flocon de neige. Tu sembles t'en aller, enveloppée dans ta pudeur. Et l'on dirait bien que tu marches vers Dieu, vers ton Dieu qui a dû t'accueillir aujourd'hui tout près de lui s'il existe. Derrière toi des murs de béton, gris. Des marches qui mènent au petit immeuble de la cité dans laquelle tu habitais. Une vitre sale et des boîtes aux lettres dont une porte ton nom. Ton seul nom car ton époux, mon père, t'a quittée il y a bien longtemps et t'a laissée là amoindrie, malade, tout à ta solitude. Une de tes mains retient les pans de ce grand voile dans lequel tu as peur de te prendre les pieds. Une toute petite main qui porte encore une alliance. Un sourire radieux, mystérieux, rendu encore plus insolite par l'incertitude de l'objectif éclaire ton visage. Nous aurions dû comprendre, la Mère, si nous avions mieux regardé alors que déjà tu étais en marche, partie vers celui qui toute ta vie jamais ne t'a fait défaut. Je ne sais même pas d'où tu viens, où tu es née. J'ai un mal de chien à t'imaginer petite fille, galopant sur un cheval ailé. Là où j'ai vu le jour moi aussi. Là où je me suis éveillée sous le soleil, ai cherché ton regard, goûté ton sein. Là où tu as guidé mes premiers pas et accueilli mon premier sourire. Car mon premier sourire, la Mère, il est sûr que c'est à toi que je l'ai offert, en écho au tien.

Un jour, dans quelques années, j'emmènerai mon petit découvrir la contrée lointaine où nous avons vu le jour. Et, assis tous les deux à une terrasse de café, un homme viendra nous demander ce que nous voulons boire. Alors le petit dira, comme tu le fis maintes fois en riant :

— Jus d'orange, ou d'ananas, ou d'abricot…

Parce qu'il sera sage et aura compris que tout cela n'est que le même plaisir, celui que l'on partage et qui laisse le choix. Il ressemblera aussi à ses oncles et tantes, tes enfants et il les rencontrera souvent, au moins une fois tous les trois mois. Car un pacte a été scellé à ton chevet sous seize mains entrelacées. Un pacte scellé par les larmes et le chagrin, soit. Mais comment y échapper ? Car ta nouvelle maison, aussi blanche et rectangulaire que toi tu fus brune et ronde nous attire, nous relie plus sûrement que les fils d'un téléphone ou qu'un calendrier. Me reste une autre certitude : je n'ai plus envie de me coucher sur le flanc comme toi tu le fis un matin de novembre. Je n'ai plus envie, comme je le désirais tant autrefois, de m'étendre seule à la nuit et de ne plus jamais me relever.

Épilogue

Et les années passèrent. Le dôme, jadis immaculé, vierge de toute végétation, continuait de lancer son front vers le ciel. L'étoile et le croissant n'avaient pas perdu de leur couleur malgré la neige, la pluie, le froid. La nature, tout doucement avait repris ses droits, continuant son travail : les plantes et les fleurs s'étaient propagées, semées involontairement par quelques fientes d'oiseau et surtout, par une main qui avait voulu les anéantir. Un rosier magnifique croissait au pied de la tombe. Ses fleurs rouges, gigantesques, enlaçaient la roche, couraient le long du mur, embaumaient l'air d'une odeur capiteuse, envoûtante. Quelques petits lézards attirés par la blancheur de la pierre restée intacte s'arrêtaient longtemps, immobiles, puis s'enfuyaient au moindre bruit de pas. Ils s'y retrouvaient parfois, quand le hasard les poussait simultanément au même endroit. Le pacte n'avait pas été respecté. Aussi se rencontraient-ils avec plaisir, dépassionnés, curieux les uns des autres, parfois lointains. Ils se regardaient, souriant, essayant de déceler à travers les quelques paroles échangées la pensée de cha-

cun. Ils observaient l'enfant qui jouait au pied des roses et leur volait chaque jour un peu de leur beauté. Il ressemblait à la Mère. Son regard noir, velouté se tendait vers eux comme un appel du sang. La petite elle-même devenait femme. Ils la contemplaient discrètement, intimidés. Elle courait, gracieuse, les embrassait, les cajolait. Puis gardait longtemps l'enfant dans ses bras, toute proche encore de sa propre enfance, imprégnée des caresses prodiguées par la Mère et qu'elle savait mieux qu'eux tous diffuser autour d'elle. Ils se quittaient enfin, persuadés de se revoir bientôt, se séparaient au bord de la petite allée ; de temps en temps, l'un d'eux se retournait pour faire un dernier geste de la main. Et le soleil tapait bien fort, butait sur l'étoile et le croissant, rebondissait dans leurs yeux, les obligeant alors à baisser la tête et à continuer leur chemin.

Collection Textes Courts
Dernières parutions :

Laurence Albert *Durer jusque-là*
(roman, janvier 2006)
Chloé Dubreuil *Le Goût des choses*
(roman, septembre 2005)
Philippe Napoletano *Trio*
(roman, février 2005)
François Perche *Un long chemin*
(récit, février 2005)

www.hb-editions.com

ACHEVÉ D'IMPRIMER
sur les presses de Papergraf SPA
Piazzola sul Brenta (Padova)